**Christoph Grissemann /
Dirk Stermann**

IMMER
NIE
AM
MEER

edition selene

Hi, Man	7
Kleine Prosa	9
Erotische Fischgedichte und fromme Gemüselyrik	93
3 Listen	99
Briefwechsel zwischen Mutter Grissemann und Mutter Stermann	107
Die Tagebücher von Grissemann und Stermann	115
Als wir (noch immer) noch nicht von Funk und Fernsehen kaputt gemacht geworden sind	125
Die geheimen Tagebücher von Dieter Bohlen und Verona Feldbusch	137
Die unveröffentlichten Tagebücher von Dolezal und Rossacher	153
Die geheimen Tagebücher des James Last	157
Stermann und Grissemann privat	161

— Hi, Man, I am the barman, man ... so what do you want? Do you want a whiskey, man?
— No thanx. I just want to put my little dog on your tresen.
— Oh. Why do you want to put your dog on my tresen, man?
— Because my dog has no legs.
— Oh. Poor dog. No legs. Has the dog a name?
— No. No name.
— Oh. Double poor. No legs and no name. Why no name??
— Because if I called him, he couldn't come anyway!

Kleine Prosa

Arbeitstexte fürs Romantik-Seminar

Duft durchdringt das Haar der Magd. Der Mondschein läßt es gülden glitzern. Sie trägt nach Haus die Körbe voller Frucht. Sie stolpert über Stock, dann Stein. Da guckt der Ziesel. Ist der Abendstern noch wach? Und da, im Bach-muh, muh, bumst der Dorfdepp seine Lieblingskuh.

*

Von Ferne schon hört man die Kindlein singen, glockengleich die Kinderstimmen, die Bäcklein rosarot. Die braungebrannten Beinchen, hurtig auf dem weg zur Schule, schnell schnell, ihr Lieben, husch husch. Kräht da nicht schon der Hahn, von Ferne töft die Eisenbahn, da heißt es winken. Winke, winke. Die Sonne blinzelt freundlich nieder, die Ränzlein wackeln frech im Wind. Gütig sieht man Lehrer Hampe blicken, er selbst denkt immer nur ans Dorfdepp-Ficken.

*

Schneeflöckchen fallen sanft und leicht. Vöglein zwitschern, ein Bächlein rauscht und das Reh streckt frech sein Köpfchen in den Wind. Ein Glockenspiel erklingt von weit, der Duft von Heu erfüllt die Luft, die klar und rein dem Füchslein Atem gibt. Der Frühling zeigt sein zärtlich Kleid, dort springen Forellen und hier summen die Bienchen. Auf den Blättern liegt Tau und dem Bauern seine Frau, wird, während der Mond durchs Himmelsdach blickt, vom Dordeppen ordentlich durchgefickt.

Naßfratz und Kleinrensing

Beim Vögeln zwitscherten sie wie blöde Gänse, es war ihnen unmöglich, cool Sex zu haben. Hysterische Narreteien und exaltierte Kasperliaden beim Geschlechtsverkehr mit Krankenschwestern oder manchmal auch gesunden machten sie zum Spitalsgespött. Primar Naßfratz und Doktor Kleinrensing, zwei königlich vertrottelte Groteskärzte vom Krankenhaus am Rande der Stadt, sie waren die einzigen Ärzte, die am Computer mit einer echten Maus arbeiteten und einen internen Wettstreit laufen hatten, den, wie Naßfratz es nannte, „Im-Körper-des-Patienten-während-einer-Operation-Gegenstände-vergessen-Wettbewerb". Kleinrensing lag da vorn. Primar Naßfratz hatte letzte Woche bei einer Nierentransplantation geschickt ein Kleinkalibergewehr, eine Espressomaschine und einen ausziehbaren Eßzimmertisch aus Eichenholz im Bauch der Rentnerin Hannelore plaziert und wieder zugenäht. Kleinrensing nickte bewundernd beim Anblick der Röntgenbilder, und Naßfratz sah sich schon als Sieger. Da aber geschah das Unglaubliche: Kleinrensing zog seinerseits Röntgenaufnahmen aus der Tasche, die ihn zum Sieger des Im-Körper-des-Patienten-während-einer-Operation-Gegenstände-vergessen-Wettbewerbs küren sollten. Während einer Mandeloperation vergaß Doktor Kleinrensing im Hals der 13jährigen Schülerin Manuela sage und schreibe ein Klappfahrrad, sechzehn Dosen Hundefutter und eine Einbauküche von Regina im Gesamtwert von 84.000 Schilling.

Dagegen waren die von Naßfratz im Bauch der Rentnerin vergessenen Gegenstände im Gesamtwert von 12.500 Schilling ein Witz. Natürlich brennt seitdem Primar Naßfratz auf die Revanche in der nächsten Runde des Im-Körper-des-Patienten-während-einer-Operation-Gegenstände-vergessen-Wettbewerbs.

Wie Mann und Frau

Die Dame legte ihren Arm um den Herrn wie der kalte Nebel Venedigs einem kleinen Berufsoffizier sein feuchtes Kleid. Der Herr schaute verliebt wie ein einbeiniger Sportvolontär, der auf die Resultate der dritten Schweizer Hockeyliga blickt. Ihre Hand schob sich zu ihm hin wie ein mexikanischer Güterwaggon in der knarrenden Remise Cancuns um fünf Uhr früh, wenn die Bäcker ihr Teigwerk beginnen. Er drückte sie zärtlich wie ein pubertierender Elektronikfachhändler seine blutgetränkte Akne im Rückspiegel eines von einem Vietnamesen gestohlenen Citroën GS mit umlegbaren Rücksitzen und ABS. Sie stöhnte leise auf wie der verletzte Stolz eines portugiesischen Schallplattenhändlers, dem bei der Abrechnung klar wird, daß wieder nur Elton John über die Ladentische gegangen ist, die ihm ein befreundeter Schreiner aus Betlehem zu Weihnachten gezimmert hat. Seine Zunge irrlichterte in ihrem Mund wie ein Insektenschwarm auf den Tragflächen einer Aeroflot-Maschine kurz vor dem Absturz über Ruanda, bei dem bis auf die Besatzung alle überleben, weil König Zufall es so will und die Passagiere nichts dagegen haben. Der Herr erregte die Dame wie die Restplatzbörsenmitarbeiterin Beate ein öffentliches Ärgernis, indem sie dem Exilkubaner Miguel ein Feuerzeug aus taiwanesischer Produktion und echtem Fleisch statt eines Tickets nach Ibiza ausstellte, was der Kubaner mit einem Geschrei quittierte, das man zum einen nicht von der Steuer absetzen konnte und zum anderen zuletzt im Brüsseler Heysel-Stadion gehört hatte von einem italienischen Fußballfan, der daheim in Turin eine Kuh sein eigen nennen durfte. Die Dame verließ den Herrn so plötzlich und überraschend wie ein salmonellenvergiftetes Ei den Körper einer zierlichen Cartoonistin aus dem Sudan, deren Stift gerade über ein Blatt Papier flitzte, als es über sie kam wie eine neue Technologie über ein archaisches Bergvolk Turkmenistans im April des vergangenen Jahres, Bertolt Brechts 99sten feierte man da. Der Herr stand also wieder ganz allein da und holte sich munter einen nach dem andern runter.

Wie alle guten Geister

Das Kind verließ den Schulhof, wie alle guten Geister einen von einem grippalen Infekt geschüttelten Rentner, der ohne Kopfbedeckung im eiskalten Regen auf der Straße sitzend Tiefkühlfisch kaut. Endlich war die Schule aus, wie das Leben eines Waldläufers, der von einer vom Baum gefallenen, ohnmächtig gewordenen, sechs Kilogramm schweren Eule erschlagen, nun also tot, mit verdutzten Augen im Unterholz liegt, gleich dem feuchten Nebel, der auf der Place Pigalle in den Unterrock einer mehr- oder minderjährigen portugiesischen Prostituierten gekrochen war, um dort leise zu verweilen. Das Kind traf seine Freunde am Fußballplatz, wie die schlechte Nachricht gleich einem Blitz die Tanzkursteilnehmer, nachdem sie erfahren hatten, daß der Fleischerball abgesagt worden war, auf den sich alle gefreut hatten, wie der Transsexuelle auf das neue Geschlecht und der Kommunarde, erster Sohn und Erbe eines Schweizer Bonbonfabrikanten, auf den Biß ins erste Konfekt am frühen Morgen eines verhangenen Sonntagnachmittags. Die Buben traten das Leder, bis die Sonne unterging, wie der leise freundliche Hinweis eines tamilischen Zigarettenverkäufers am Markt von Colombo inmitten des betrunkenen Getöses bundesdeutscher Antichristen, der warnend seine kleine Stimme erhob ob der drohenden Autobombe, die in zwei Minuten dreißig zu explodieren gedenke, allein, sie hörten ihm nicht zu und flogen durch die Luft, genau wie der zerplatzte Ballon des Kindes, das nach dem Spiel gedankenschwer den Heimweg zur Mutter antrat.

Wie Erich

Hans Joachim Kuhlenkampffs Sendung wurde abgesetzt wie ein halbvolles Glas oder, wie der Pessimist es ausdrückt, halbleeres Glas Rotkäppchen-Sekt auf dem Tresen eines Nachtklubs in Linz. Kuhlenkampffs Sendung war so unmodern wie ein neugeborenes Fohlen, das in einem Tierkalender abgebildet war und von einem ungebildeten Tankwart achtlos tagelang angestarrt wurde, so wie man Grashalme anstarrt, während man zuhause in der Küche steht und Bücher liest von längst verstorbenen Autoren. Kuhlenkampff ist beleidigt jetzt, wie Erich Schleyer, als er in den späten Siebzigern erschossen wurde, so hinterhältig wie ein Kartentrick beim Strippoker, bei dem sich Männer auszogen, um Frauen das Fürchten zu lehren. Kuhlenkampff ist so alt und müde wie die Snowboardgeneration, die über schneebedeckte Hügel springt wie ein wildgewordener Königspudel in sein Unglück, weil er ungeschützten Verkehr mit einer Bernhardinerwitwe hatte und die Last der Alimente nicht tragen wird können wie der Bombenbastler Fuchs den Einkaufskorb am Samstagmorgen. Kuhlenkampff will sich jetzt zurückziehen, wie Wale sich selbst, wenn sie's könnten, an Land gestrandet zurück ins Meer, das so aufbrausend ist wie Giovanni Trappatoni, der wie Flasche leer ganz hat fertig.

Wie alle dummen Lümmel

Das Tor in Madrid brach ein wie Albert Drach ins Leben des lieben Reemtsma. Die Aufregung war groß wie das Verlangen eines verzagten Brasilientouristen, der sich in Rio de Janeiro einen Bandwurm zugezogen hatte, diesen wieder loszuwerden, loszuwerden wie Dieter Bohlen Verona Feldbusch, die so schmählich unterschätzte, wie man die Entfernung zum Horizont unterschätzt, wenn man am Fenster steht und springen will, wie Sven Hannawald vom Schanzentisch in Bischofshofen. Der Schiedsrichter schickte die Spieler zurück in die Kabinen wie Peepshowgäste, nachdem verlautbart wurde, daß Frau Mag. Lolo Ferrari noch einmal tanzen wird, so wild wie ein anatolischer Derwisch auf glühenden Kohlen, die so heiß sind wie Graciano Rocicciani auf einen Wiener Hausmeister mit Hund. Mehr als 75 Minuten mußten alle warten, wie man im Garten wartet, auf längst vergangene Zeiten, die einem durch die Finger geronnen sind wie frisches Blut, das man vergossen hat nach einem Frontalunfall auf der Landstraße bei Fieberbrunn, an dem man unschuldig war wie Natalie Imbruglia an der Ermordung von John F. Kennedy, dessen Tod die Welt beschäftigte wie RTL Gerhard Zeiler, der stolz den ORF verläßt wie ein Duft die Tulpe nach einem warmen Frühlingsregen, der Kühlung versprach, so wie sich alle dummen Lümmel beim Privatradio in jedem einzelnen Satz versprechen. Mit neuem Tor ging's wieder los, wie Bruce Springsteen in dem Philadelphia-Video, der den Mund beim Singen kaum noch öffnet, wie junge Menschen die Bücher großer Denker, Dichter, Demokraten kaum noch öffnen, sondern lieber Pillen schlucken, wie man Kinder schluckt bei der Impfung gegen Masern, vor der man sich so fürchtet wie der Antichrist vorm Papstbesuch und Dortmund vor einem Tor der Madrilenen.

Oma Belästiger, Udo und Ziegenhemd I

Oma Belästiger, diese kleine alte Frau, stand drei Tage mitten auf der Straße und soff Bier vom Faß. Am Schluß hatte sie 42 Promille. Vor so viel Trinkfestigkeit zog sie ihren eigenen kleinen Hut und wurde zurück ins Altersheim getragen. Im Altersheim wohnte ihr 69jähriger Sohn Udo. Sie selbst hieß Oma Belästiger und war schon viel zu alt fürs Altersheim. Die beiden liebten sich, leider so, wie es verboten ist. Noch immer legte die Alte ihrem Sohn Udo jeden Morgen die Kleider auf seinen Sessel, so daß er sich sehr von ihr angezogen fühlte. Er, der kleine alte Udo, war sehr stolz auf Oma Belästigers Alkoholismus und empfand eine tiefe innere Zufriedenheit, wenn seine alte Mutter betrunken hereingetragen wurde. Die Alte wurde immer aggressiv, wenn sie betrunken war. Das machte Udo, den Sohn, sehr glücklich, richtete sich ihre Aggressivität doch ausschließlich gegen ihn. „Einmal im Suff", so erzählt Udo immer wieder gern mit einem bewundernden Unterton in der Stimme, einmal im Suff hatte sie versucht, ihm mit seinem Kaschmirmantel die Augen auszustechen. Lieber Leser, was so unmöglich klingt, gelang! Sein Vater übrigens, Udos Vater, ist gestorben, als er drei war – der Vater. Oma Belästiger ist im herkömmlichen Sinn keine Oma, weil ihr Sohn Udo keine Kinder hat. Udo hat einen Hund, einen toten Hund, und zwar einen ehemaligen Vorsteherhund. Udo kaufte den Hund lebend 1974, als er beim Hundezüchter anfragte nach einem Hund, der zu seiner Prostata paßte. Udo nannte den Hund Ziegenhemd, und Ziegenhemd starb 1976 an Prostatakrebs. Seitdem zieht Udo Belästiger den toten Hund an der Leine hinter sich her, wenn Udo glaubt, daß Ziegenhemd Gassi gehen muß. Zu Hause im Altersheim steckt Udo Ziegenhemd in eine antike Vase, die mit Formalin gefüllt ist, damit Ziegenhemd nicht vom Fleisch fällt. Zweimal im Jahr geht Udo mit Ziegenhemd zum Tierarzt, der jedesmal aufs neue Ziegenhemds Tod feststellt. Als Udo 1986 einmal drei Monate im Knast war, weil er einen vollbesetzten Passagierdampfer in die Luft gejagt hatte, mußte Oma Belästiger sich um den toten Vorsteherhund kümmern. Im Suff steckte Oma Belästiger Ziegenhemd nicht in Formalin, sondern in flüssiges Koffein. Die Dosis war so stark, daß der seit acht Jahren tote Ziegenhemd wieder erwachte. Im Suff erschoß sie ihn. Als Udo, aus dem Knast entlassen, mit Ziegenhemd zum Tierarzt ging, konnte dieser wieder nur den Tod feststellen. Oma zog inzwischen den Hut vor sich selbst, weil sie trotz 142 Promille noch immer auf der Straße stand und in der prallen Sonne Bier vom Faß trank. Udo Belästiger fand es eigentlich nur lässig, im Gericht fand man es aber fahrlässig, alle Pfleger in Udos Altersheim mit dem toten Ziegenhemd zu erschlagen. Man verurteilte ihn zu zwei Wochen Knast. Oma Belästiger mußte sich währenddessen wieder um Ziegenhemd kümmern. Im Suff rief sie den Tierarzt, weil Ziegenhemd beim Schlagen kaputtgegangen war. Der Tierarzt kam zu ihr auf die Straße, wo Oma seit Jahren Bier aus dem Faß soff und 198 Promille hatte. Der Tierarzt aber konnte den toten Vorsteherhund nicht finden. Da hatte Oma Belästiger den Tierarzt aber ganz schön an der Nase herumgeführt, hatte sie doch den toten Ziegenhemd in ihrem Bierfaß versteckt! Als Oma Belästiger das Faß ausgesoffen hatte, zog sie erst wie immer den Hut vor sich, vor so viel Trinkfestigkeit, und fiel dann wie immer auf der Straße um. Der Tierarzt trug Oma zu Udo in den Knast. Ziegenhemd aber, der auf der Straße im Faß versteckt lag, kaputt und tot, wurde vergessen.

Was passiert mit dem armen Ziegenhemd? Udo weiß nichts, weil er ja im Knast ist. Oma weiß auch nichts, weil sie ja im Suff war. Der Tierarzt selbst weiß ja gar nicht, daß Ziegenhemd im Faß versteckt ist. Wie die Geschichte weitergeht und ob Ziegenhemd je wieder gesund wird? Das erfährt man vielleicht auch irgendwann.

Oma Belästiger, Udo und Ziegenhemd II

Als Oma aus ihrem dreiwöchigen Koma erwachte, schnappte sie japsend nach Luft, weil der tote Vorsteherhund Ziegenhemd auf ihrem Gesicht lag. Ein scharfer Geruch nach Verwesung stieg in ihre rotgeäderte Nase, Udo hatte wohl länger vergessen, Ziegenhemd in Formalin zu stecken. Nein, Udo hatte es nicht vergessen, er war einfach verhindert. Udo war im Knast. Udo hatte aus einem glücklichen Gefühl heraus einen vollbesetzten Touristenbus in die Luft gesprengt und mehrere Passanten auf offener Straße gerichtet. Klar mußte er dafür Strafe ausfassen, drei lange Wochen im Gefängnis. Und es war ihm untersagt, seinen toten Vorsteherhund Ziegenhemd mit in die Zelle zu nehmen, also mußte er Ziegenhemd irgendwo lassen. Er entschied sich für Omas kleines Zimmer im Altersheim. Er legte Ziegenhemd drei Wochen direkt auf Omas Gesicht, damit er sich die Füße nicht dreckig macht und Oma Ziegenhemd sofort sieht, wenn sie wach wird. Heute ist Udo aus der Haft entlassen worden. Sein erster Weg führte ihn sofort zu seinen Liebsten, zu Oma und zu Ziegenhemd, doch beide waren weg. Oma hatte sich längst besinnungslos gesoffen und lag auf Ziegenhemds Gesicht in einer leeren Fabrikshalle am Rande der Stadt.

Oma Belästiger, Udo und Ziegenhemd III

Als Udo mit dem Tierarzt in die leere Fabrikshalle trat, in der es nach Bier und Verwesung roch, japste er vor Freude nach Luft, als er Oma da auf dem Gesicht des toten Vorsteherhundes Ziegenhemd liegen sah. „Oma!" rief er stolz, als er neben der besinnungslosen alten Frau ein lebensgroßes leeres Faß Bier fand. „Das hat sie selber ausgesoffen!" rief er mit stolzgeschwellter Brust dem ängstlichen Tierarzt zu, der sich sofort daranmachte, zum wiederholten Male Ziegenhemds Tod festzustellen. „Ich weiß!" lachte Udo glücklich, als er den Befund hörte, und befahl dem Tierarzt unter Androhung körperlicher Gewalt, sofort Formalin über den Hund zu gießen, damit der Verwesungsprozeß ein wenig eingedämmt werde. Weil die besoffene Oma aber mit ihrem schweren Körper auf dem toten Hundeaas lag, wurde sie vom Veterinärmediziner gleich mitbegossen, was Udo gar nicht gefiel. „Oma in Formalin?!" brüllte er und prügelte auf den Akademiker ein, daß dem Hören und Sehen verging, und zwar wirklich. Der Tierarzt wurde blind und taub, weil Udo ihm beide Ohren abriß und in die Augen biß! Als Oma Tage später erwachte, war Udo längst im Knast (zehn Tage Gefängnis wegen schwerer Körperverletzung). Oma selbst sah gesünder und lebendiger aus als je zuvor, wahrscheinlich lag's am Formalin. Glücklich stand sie auf, zückte einen Flachmann, trank den in einem Zug aus und fiel um, aber nicht ohne kurz vorm Aufprall noch den Hut vor sich selbst zu ziehen, vor solcher Trinkfestigkeit!

Für die lesende Dame

Im Delphinarium ist es ganz feucht
Hört, wie dort die Qualle keucht
Der Delphin in Leder und Lack
Greift der Qualle
An den prallen Quallensack

Mutter und Kind

„Wo kommen Sie denn her?" fragte die junge Frau ihr neugeborenes Kind im Kreißsaal. So begann eine zwar höfliche, aber doch immer sehr distanzierte Mutter-Kind-Beziehung. Die beiden hatten getrennte Schlafzimmer, jeder kochte für sich selbst, und sie fuhren auch nie gemeinsam auf Urlaub. Es war toll, jeder hatte seine eigene Privatsphäre, von Anfang an! Als das Kind drei Jahre alt war, schlug die Mutter vor, doch einmal gemeinsam zu Abend zu essen, aber das Kind hatte schon gegessen. „Vielen Dank, ich bin bereits satt", wehrte das Kind freundlich ab. „Allerdings wär' ich Ihnen sehr verbunden, wenn Sie mir endlich einen Namen geben könnten." „Suchen Sie sich doch selbst einen aus", schlug die Mutter vor. Dann verließ sie das Haus und kam drei Wochen später zurück.

Das Kind hatte sich in der Zwischenzeit den Namen „Pißnelke" gegeben, wozu die Mutter herzlich und aufrichtig gratulierte. „Übrigens, Mutter", sagte Pißnelke etwas später, „ich nehme mir eine eigene Wohnung, nur daß sie's wissen und sich nicht unnötig Sorgen machen." „Schon in Ordnung, Sie sind dreieinhalb und können tun und lassen, was Sie wollen, Pißnelke." Zum Abschied legte die Mutter eine Platte der Gumbay-Dance-Band auf, und zwar die B-

Seite von „Limbodance". „Alles Gute also! Lassen Sie mal wieder was von sich hören!" sagte die Mutter und reichte dem Kind die Hand. Ein kräftiger Händedruck beendete die stets freundliche, aber doch auch immer ein wenig distanzierte Beziehung zwischen Mutter und Kind.

Die Wurst des Zufalls

Paul Auster ist verschlossen wie eine Auster. Es war im Regionalzug nach Mürzzuschlag, als Paul Auster sein Buch „Die Wurst über Manhattan" las. Er war begeistert, der Schriftsteller, der schöne. Dann aß er sein Buch und hörte dazu im Walkman Musik von Waterloo und Robinson. Paul Auster hat einfach keine Beziehung zu Literatur! Er hat keine einzige seiner Zeilen selbst geschrieben. Paul Auster ist Bayer, und: er ist Kellner beim Münchner Oktoberfest. Das ist sein erlernter Beruf. Außerdem war Paul Auster lange Jahre zuständig für die Toiletten auf der Wiesn. Damals nannte man ihn „Ronnie Urini". Im Februar 1956 besuchte der damals noch junge Robert Lembke das Münchner Oktoberfest. Lembke und Auster kamen ins Gespräch. Das „Gespräch" war damals die angesagteste Hütte am Münchner Oktoberfest. Lembke und Auster sprachen vier Jahre miteinander; durchgehend, ohne schlafen, nur mit Küssen. Im Verlauf dieses langen Gesprächs wechselte wie von Zauberhand Lembkes Krankenkassabrille 842.000 Mal die Nase. Von Lembke zu Auster und wieder zurück; sie konnten es sich beide nicht erklären. Na ja; nach exakt vier Jahren unentwegter Diskussion sprang Paul Auster wie vom Mantel gestochen auf und brüllte Robert Lembke zu: „Welches Schweinderl hätt'st'n gern?" „Dich", flüsterte Lembke zärtlich. Und sie liebten sich. Aber nur sexuell; platonisch ging bei Lembke gar nichts mehr. „Welches Schweinderl hätten's denn gern?", dieser Satz schrieb Fernsehgeschichte. Der Autor des Satzes „Welches Schweinderl hätten S' denn gern?" heißt Paul Auster. Mehr hat Paul Auster nie geschrieben.

Seine Bücher hat Robert Lembke verfaßt, aus Dankbarkeit für den genialen Satz. Jedes einzelne Auster-Buch, sei es „Wurst über Manhattan", „Am Wurststand der letzten Dinge" oder „Die Wurst des Zufalls".

Das ist ein Ding: Seit Robert Lembke gestorben ist, lebt er nicht mehr und ist tot! Austers legendärer Schweinderl-Satz ist in Vergessenheit geraten, und Lembkes Ghostwriterdings hat sich erlederitzt! Der völlig untalentierte bayrische Toilettenangestellte Paul Auster soll jetzt also ohne Lembke weitere Romane schreiben. Dr. Kiepenheuer und Frau Witsch wollen das. Sie wissen nicht, daß Auster früher Ronnie Urini hieß, gar nicht schreiben kann und Bayer ist!

Meister Lampe

Der 69jährige deutschstämmige Jess Bringer wuchs im Herzen Ohios auf, das er auch nie verlassen sollte. Der unauffällige Bringer arbeitete seit seinem elften Lebensjahr bei Broinger, einer kleinen Firma in Ohio, die nichts Besonderes herzustellen vermochte, lediglich kleine Dinge. Die Firma Broinger gehört noch heute Brock Broinger, einem Mulatten, der heftig für die Rechte der Ohioer Mulatten einzutreten vermochte, aber geschäftlich mit seiner kleinen Firma Broinger nichts weiterzubringen vermochte. Broinger war es auch, der aus einer Bierlaune heraus den 14jährigen Bringer einzustellen vermochte, woraus allerdings die Firma Broinger kein nennenswertes Kapital zu schlagen vermochte. Während Brock Broingers einzige Beschäftigung den Rechten der Ohioer Mulatten galt, vermochte Jess Bringer in der Firma allein nichts weiterzubringen. Tatsächlich beschränkte sich Jess Bringers Tätigkeit bei Broinger auf das morgendliche Ein- und das abendliche Ausschalten der Firmenbeleuchtung. Aufgrund der Ausschließlichkeit von Jess Bringers Tätigkeit bei Broinger, nämlich das Licht ein- und auszuschalten, verpaßten ihm die Ohioer Mulatten den liebenswerten Nickname „Meister Lampe".

Das Ende einer großen Utopie

In der Biozuhälterszene war der Teufel los. Dinkel-Dieter und Vollkorn-Volker haßten sich bis aufs Blut, sie haßten also alles, nur das Blut des anderen nicht. Sie hatten faszinierende und liebenswerte Blutkörperchen, pralle, knackige, geile, knappe, sexy Blutkörperchen, sie schliefen mit ihnen. Sie nannten es den „Rhesus-Fuck". Kennengelernt haben sich Dinkel-Didi und Vollkorn-Volker bei einer Bordellbesetzung in den siebziger Jahren. Damals hatten die beiden gelernten Tischtennisschiedsrichter eine Vision. Der Afroafrikaner Dinkel-Dieter träumte von einem Ökopuff, und der Italoitaliener Vollkorn-Volker wünschte sich ein Bordell mit freilaufenden und glücklichen Prostituierten. Die beiden wurden ein Team mit einer gesunden Geschäftsidee. Nachdem sie sich letzte Ratschläge von Puff Daddy geholt hatten, eröffneten sie im Spätherbst 76 das legendäre „Rübenritze". Damit trafen sie genau den Nerv der Friedensbewegung damals. Im Rübenritze vergnügten sich Vegetarier, Veganer und Wehrdienstverweigerer, während sich Fleischfresser, Menschenfresser und die Soldaten drüben im „Ochsenschwanz" vollaufen ließen (das Ochsenschwanz übrigens erhielt 1987 in der Kategorie „bester Bordellname" den Adolf-Grimme-Preis). Zwei Bordelle also mit völlig verschiedener ideologischer Ausrichtung. Das konnte nicht gutgehen, ging aber gut. Vollkorn-Volker half manchmal im Ochsenschwanz aus, und im Gegenzug schickte Kalbfleisch-Kalle manchmal verirrte Hippies rüber in die Rübenritze. So paradiesisch hätte es noch lange gehen können, hätte nicht die transsexuelle Startänzerin aus der Rübenritze, Radieschen-Rudi nämlich, Dinkel-Dieter dabei ertappt, wie er die erzreaktionäre amerikanische Edelnutte CSU-Ute befummelte. Das war politisch nicht korrekt. Vollkorn-Volker schrie es in der Rübenritze herum: „Dinkel-Dieter hat gepennt mit einer vom Establishment!" Dinkel-Dieter hatte ausgeschissen. Er wurde geviertelt, gehenkt, vergiftet, in die Luft gesprengt, überfahren, erdrosselt, aus dem Fenster geschmissen, und blieb dabei völlig unverletzt. Aber wie durch ein Wunder starb er an den Folgen dieses „Unfalls"! Das war das Ende der Ökopuff-Bewegung. Vollkorn-Volker arbeitet heute unter dem Namen „Volker Rühe" als deutscher Verteidigungsminister. Das war das Ende einer großen Utopie.

2 Dosen Seerosen

„Zwei Dosen Seerosen, und wer soll das bitte schön alles essen?" Dieser Satz wird nie in die Geschichte eingehen, in keine. Sätze wie „Ick bin ein Berliner" oder „Ein kleiner Schritt für mich, aber ein großer für die Menschheit", diese Sätze sind selbstverständlich Legende, aber „Zwei Dosen Seerosen, und wer soll das bitte schön alles essen?", dieser Satz scheint in keinem Buch auf, so als wäre dieser Satz nie gefallen! So als wäre er nur trivialer Quatsch! Dieser Satz, und das ist mehr als offensichtlich und gleichsam das Tragischste seit der Entwicklung der Atombombe, dieser Satz hat keine Lobby. Baumeister Peter Golaschewsky, Sachverständiger für Bewertung von Grundstücken und Bauwerken und begeisterter Mädchenmörder, sagte diesen Satz. Sein Freund Milan Stübel-Schrems, kastrierter Schriftführer im Verein der Wiener Mädchenmörder e. V., hatte diesen Satz provoziert. Er deckte den Tisch mit 18 blutjungen Blutwürsten und 2 Dosen Seerosen, die er noch schnell am Gemüsemarkt gekauft hatte. Genau in diesem Moment sagte Peter Golaschewsky, der auch am Tisch saß, „Zwei Dosen Seerosen, und wer soll das bitte schön alles essen?" Kein Chronist der Welt hielt es für notwendig, diesen Satz zu verewigen. Mußten wieder wir herhalten. Als hätten wir nicht schon genug um die Ohren mit Autogrammstunden und Karriere! Alles muß man selber machen, auch Karriere. Es ist zum Heulen.

Neues aus dem Hospital für Nebenrollen

Franz Suhrada hatte es schon lange befürchtet, eigentlich schon seit seiner Rolle als Polizist in „Kottan", und jetzt hatte er es schwarz auf weiß: eine Überweisung ins Hospital für Nebenrollen. Suhrada wußte, was einen dort erwartet. Es war ein Gesprächsthema unter vielen beim großen Nebenrollen-Kongreß in Mainz. Eddi Arent hatte eine Rede gehalten, er hat also den Zettel gehalten, von dem Martin Semmelrogge vorlas. Und er las: „Eddi, mein Kumpel, und ich, wir stehen stellvertretend für eine ganze Reihe von Schauspielerkollegen, die im Hospital für Nebenrollen behandelt und schikaniert worden sind. Ich will hier nur die Geschichte von Fritz Wepper erzählen; Fritz wurde im Hospital für Nebenrollen von betrunkenen Krankenschwestern das Blut rausoperiert und in einen kleinen Kühlwagen geschüttet, den er fortan seitlich neben sich herziehen mußte, bis er es nicht mehr aushielt und sich den Kühlwagen aufschnitt. Rolf Zacher, mein Kollege Rolf Zacher, dem haben sie das Fleisch ausgetauscht gegen Fischfleisch. Rolfi lebt jetzt mit einem Hecht zusammen und in ständiger Panik vor Katzen. Und mir selbst, mir selbst hat das Hospital für Nebenrollen den Hals entfernt und ersetzt durch eine sogenannte ‚Kopfkordel'. Die Kordel wurde ursprünglich für die Spülung des Wasserklosetts verwendet im Hospital für Nebenrollen. Wir müssen endlich was tun gegen diese unangenehmen Schikanen für Nebendarsteller!" Wenige Tage nach der Rede schnitt sich Semmelrogge die Kopfkordel durch. Und jetzt also: Suhrada. Die Operation dauerte zwei Stunden und wurde unter Fernkose durchgeführt. Narkose gab's nur drüben, im Hospital für Hauptdarsteller, und Chirurgen zum Saufüttern gab's drüben auch, aber hier, im Spital für Nebenrollen, führten die betrunkenen Krankenschwestern alle Operationen durch. Für Suhrada hatten sie sich etwas Besonderes ausgedacht: Zunächst einmal tauschten sie dem Nebendarsteller Ober- und Unterschenkel aus. Damit nicht genug, krönten sie die Körperschikane damit, daß sie seine Ohren mit seinen Händen vertauschten. Alles geschah unter Fernkose, also bei vollem Bewußtsein. Fortan war es für ihn unerträglich laut, wenn man ihm die Hand gab, und wenn er bei Theateraufführungen klatschen wollte, schlug er sich unentwegt aufs Gesicht. Jetzt war er nicht mehr gut zu sprechen aufs Hospital für Nebenrollen. Er wollte seinen guten Freund Per Augustinsky warnen. Suhrada hatte von einer betrunkenen Krankenschwester aufgeschnappt, daß man plante, Per Augustinskys gesamte Wintergarderobe ins Innere des Körpers zu stecken. Kalt würde ihm dann trotzdem sein. Leider war besetzt, als Suhrada bei Augustinsky anrief, denn Per Augustinsky hatte schon wen dran. Richtig, das Hospital für Nebenrollen. Es ging um den Operationstermin.

Keine Tiere müssen nicht Menschen sein!

K. T. m. n. M. s., man denke nur an Telefone oder Tanz. Man kann ein Jahr nicht kürzer machen, nur Hosen. Der Fuchs Ernst Maler war deshalb oft verzweifelt und kauerte an irgendeinem Kaugummi in irgendeiner Akademiegaleriebrummi; ansonsten war alles wie immer. Sein Pinsel stand gen Norden, genau auf junge Eskimomädchen. Im Fernsehen lief „Einsatz in Manhattan". „Nur ein Satz? Sicher so ein Kunstfilm!" dachte Fuchs und schob eine Videokassette rein: Wim Wenders, Prädikat besonders wertvoll. Der Film war aus Gold! Fuchs liebte diesen Film, erinnerte ihn doch der Hauptdarsteller stark an Bruno Ganz, was Wunder, war's doch Bruno Ganz! Und da schoß es Ernst Fuchs in den Kopf; es war einer dieser gefährlichen interaktiven Krimis. Bruno Ganz erschoß Ernst Fuchs aus dem Fernsehen heraus. Aus Rache, hatte doch Ernst Fuchs 1972 die Gattin des Schauspielers Bruno Ganz, Gattin Ganz, entführt und sie bis heute nicht zurückgebracht. Obwohl Ganz immer wieder flehte: „Gib sie wieder her!" Er aber gab sie eben nicht her. Nur einmal,

1978, wäre der Maler Ernst Fuchs bereit gewesen, Bruno Ganz seine Gattin zurückzugeben, aber da meinte Ganz aus Versehen: „Scheiß drauf!" 1986 wollte er sie wieder, aber da wollte Fuchs nicht mehr. Gattin Ganz schien aus dem Spiel völlig raus zu sein, sie wurde gar nicht mehr gefragt, sondern saß seit vierzehn Jahren eng zusammengeschnürt mit einem Apfel im Mund in einem feuchten Keller. Vor zwei Jahren erkundigte sich Fuchs höflich bei Ganz, ob es sich tatsächlich noch immer um den gleichen Apfel handle, der da seit einundzwanzig Jahren im Mund seiner Gattin stecke. Das sei ja interessant, ein Apfel, 21 Jahre alt! An seiner Frau habe er jegliches Interesse verloren, aber der Apfel, den hätte er gern gehabt, wenn geht.

Willi

Willi hatte seinen ersten echten Orgasmus. Vorher waren alle gebluftt. Es gefiel ihm, „aber einmal reicht", dachte er und gründete erst Pro7 und dann die Jugendzeitung „Willi". Wilhelm Piek, vor 5 Jahren noch Verteidiger bei Grashoppers Zürich, er war der Rechtsanwalt des Clubs, und jetzt also „Willi", dachte Wilhelm Piek, der vor dem großen Problem stand, eine Jugendzeitung herausgeben zu müssen, die er zum einen ganz gern behalten würde und die zum anderen sich an taube und schaltragende Jugendliche richtete. Zielgruppe für Willi: taube und schaltragende Jugendliche, so lautete der Auftrag Wilhelm Pieks Auftraggeber; das was er zwitschernd zwischen den Beinen hatte, zwei taube Nüsse und ein schlaffer Schal. Wilhelm Piek im Zitat: „Für Taube schreiben – das schwerste: Man muß sehr laut schreiben!" Und wie er da so laut vor sich hinschrieb, 1974 in Krefeld, konnte er nicht damit rechnen, daß zwei verfeindete Termitenstämme ihm die Arme wegfraßen. Aber so war's! Es war schlecht für ihn und die Jugendzeitung „Willi".

Aus Verzweiflung, die Arme in Windeseile aufgefressen bekommen zu haben, wollte der tapfere Wilhelm sich schneuzen. Allein, er konnte nicht, um nicht zu sagen, er konnte es nicht allein. Und so ging er als der „Schneuzenlasser" in die Krefelder Stadtgeschichte ein. Er schneuzte nicht, er ließ schneuzen. Die Krefelder Regionalliteratur legt heute Zeugnis darüber ab, daß Wilhelm Piek, der Schneuzenlasser, für Krefelder und Krefelderinnen mehr ist als jemand, der sich von jemand anderem die Nase putzen läßt.

Gedichte, wie das des gebürtigen Krefelders und Krefelderinners und heutigen Eurosport-Kommentators Volker Höttge legen Zeugnis darüber ab, daß Wilhelm Piek, der Schneuzenlasser, für Krefelder und Krefelderinnen mehr ist, als jemand der sich von anderen die Nase putzen läßt. Das Gedicht lautet:

Der Willi,
der Willi,
der Willi
läßt schneuzen,
der Willi

Zitas Zithern rochen

Wer kennt das nicht, wer hat das nicht schon mal erlebt, daß einem die Zither ins Aquarium fällt. Das ist Alltag, nichts Besonderes, da verliert man normalerweise kein Wort drüber. Unserer Kaiserin Zita passierte genau das. Ihr, der begeisterten Hobbyzitherspielerin fiel die Zither täglich mehrmals ins Fischaquarium. Kaum saß sie an dem wackligen Zithertischchen neben dem Guppy- und Neonfischaquarium, schon plumpste das Instrument auf die Zierfische und erschlug die armen gefiederten Freunde. Was für ein grausamer Tod, von einer Zither im Aquarium erschlagen zu werden, das hat die Schöpfung doch gar nicht vorgesehen, so ein Ende für einen Zierfisch. Ein kurioses Ende, etwa so, wie wenn eine Eintagsfliege von einem Damenbarthaar erstochen wird. Kaiserin Zita nannte 34 überwiegend nasse und tropfende Zithern ihr eigen. Um zu verhindern, daß die kleinen Fischtiere weiterhin von ihrem Spielgerät zertrümmert werden, beschloß die Kaiserin, Lebewesen im Aquarium anzusiedeln, die so groß waren, daß sie das Gewicht der ins Aquarium fallenden Zither überleben konnten. Zita entschied sich nach reiflicher Überlegung für einen Zitterrochen. Das eineinhalb Meter große Tier steckte im 80 x 80 cm großen Becken und wurde also mehr als artgerecht gehalten. Zita war glücklich mit ihrem neuen Haustier, das sie „Zitas Rochen" nannte. Stundenlang saß sie an dem wackligen Zithertisch und musizierte verträumt vor sich hin, den eingeklemmten Zitterrochen „Zitas Rochen" fest im Blick.

Manchmal spielte sie vierhändig auf 2 Zithern und da passierte es. Beide Zithern verselbständigten sich und fielen ins Aquarium des Zitterrochens „Zitas Rochen". Plumps. Zitas Rochen spürte den Aufprall kaum, aber Zitas Zithern rochen fortan nach Zitterrochen "Zitas Rochen"!

Nicht mehr, aber auch nicht viel weniger wollten wir mit dieser Geschichte sagen, als daß es sich so verhielt, daß seit diesem unglücklichen Tag Zitas Zithern rochen wie Zitas Zitterrochen „Zitas Rochen"!

Plusquamperfekt

Immer wenn er aus dem Fenster schaute und spielende Kinder sah, dachte er wehmütig an seine eigene, verlorene Kindheit zurück. Mit drei Jahren hat er zum ersten Mal eine Plattenspielernadel in der Hand gehalten und den Tonarm hin- und herbewegt, immer wieder, trainiert von seinem Vater, der von Anfang an nicht anderes im Sinn gehabt hatte, als aus seinem Sohn einen Top-DJ zu machen. Jeden Tag mußte er auf der DJ-Kanzel sieben Stunden lang üben und anschließend in einer Privatdisco Zusatzschichten einlegen, sein fanatischer Vater immer dabei. Wenn er nicht mehr konnte, weil er durch die Überanstrengung einen DJ-Arm bekommen hatte, legte ihm sein Vater eine auf. Mit fünf gewann er sein erstes DJ-Battle, mit sechs galt er als Wunderkind, und seine Mixes sorgten für Aufsehen. Mit sieben Jahren wurde er für ein Jahr in das DJ-Camp von MC Sick Politieri gesteckt. Es war ein sehr harter Stundenplan: 11.00 wecken, 11.30 Ecstasy schlucken, 12.30 bis 13.30 Hip-Hop-Mützen auf- und wieder absetzen, 13.30 bis 18.00 in Plattenläden in affenartiger Geschwindigkeit Platten stöbern, 18.00 bis 4.00 früh auflegen, von 4.00 früh bis halb 11 Drogen nehmen und Groupies ficken. Ein hartes Leben für einen Jugendlichen. Seit er zwölf ist, fliegt er als DJ Plusquamperfekt mehrmals am Tag um die ganze Welt. Er gilt auf allen neun Kontinenten als Megastar, Barbesitzer lassen sich von ihm ihre besten Longdrinks mixen, aber glücklich, nein, glücklich ist er nicht. Er würde so gerne eine Freundin haben, Hip-Hop-Mützen aufhaben und Ecstasy schlukcken wie die anderen Kids und sich in Discotheken zu guter Musik bewegen! Tja, das Lied ist aus. DJ Plusquamperfekt, von einem fanatischen Vater betrogen um seine Kindheit.

Abendbrot bei Pischhorns

Im Mai 1986 hielt es der 17jährige deutschstämmige Snif Pischhorn nicht mehr aus. Die bestialischen Zustände in seinem Elternhaus zwangen den sensiblen Sniff im Police Department Ohio eine Aussage zu machen, die ganz Ohio erschüttern sollte. Der Bub gab an, von seinem Vater, dem 93jährigen Anästhesisten Rock Pischhorn, jahrelang gegen seinen Willen zum Verzehr von Menschensuppe genötigt worden zu sein. Der junge Pischhorn führte unter Tränen aus, daß ihn sein Vater, der 93jährige Anästhesist Rock Pischhorn, genötigt hatte, Menschensuppe zu verzehren, aber das hatte er ja schon gesagt. Rock Pischhorn, so die Ermittlungen, kocht seit zwölf Jahren jeden Freitagabend für seine Familie Menschensuppe, die, durch phantasievolle Fischgewürze angereichert,

„einfach lecker schmeckt, ich weiß gar nicht, was Sie haben!", so Rock Pischhorn wörtlich bei seiner Vernehmung. Über die Entrüstung seines Sohnes bezüglich der Menschensuppe zeigte sich der Hobbykoch Pischhorn nicht sehr überrascht. Zitat: „Snif ist in Suppensachen immer schon etwas wählerisch gewesen."

Bernhard Russi, Gustav Töni und FM4

„Russi?" sagt Töni immer. „Ja, Töni?" sagt dann Russi immer. So beginnt jedes Gespräch zwischen Bernhard Russi und Gustav Töni, mit Tönis „Russi?" und Russis „Ja, Töni?". Dann wissen die zwei Schischnaken meist nicht weiter, außer Schweizer Schischnaken halt einfach nichts gelernt! Obwohl einer ja Italiener ist, Russi oder Töni, das wissen die beiden nicht so genau. Na ja, also ist es jetzt so, daß die Russi- und Tönischnaken alt geworden sind, so alt wie der Mensch. Einen sensationellen Fund machten Archäologen letzte Woche in der Wüste Äthiopiens, als sie mehrere Millionen Jahre alte Knochen von Bernhard Russi fanden. Zeitgleich entdeckten Raucher, Quatsch, Taucher an einem Riff vor Cap Verde zwischen Schnecken- und Schnakenfossilien auch Gustav Töni, in Fels eingewachsen. Die Schischnaken Russi und Töni sind also wirklich ordentlich alt, sie überlebten die Eiszeit, die Steinzeit und auch Ö3. Jetzt wollten die alten Schischnaken Russi und Töni noch einmal ordentlich Gas geben und bewarben sich beim neuen Jugendsender FM4. Sie möchten bitte gerne eine Sendung machen, und zwar die Musicbox!

Beuys meets girl

Eine der drei Bananarama-Sängerinnen und der Anstreicher Joseph Beuys hatten Pech. Nach einem Kartenspiel mußten beiden beide Beine amputiert werden. Dazu gesellten sich schnell Hepatitis A bis Z, TBC, HSV und Borussia Dortmund, eine Krankheit, wie sie sonst nur Kicker bekommen. Außerdem wuchsen dem Anstreicher Joseph Beuys und einer der drei Bananarama-Sängerinnen Wasserköpfe, und ein anständiger Herzinfarkt sollte auch noch drin sein. So lagen sie also da, nebeneinander im Hospital, und verliebten sich ineinander, die beiden, wie zwei, die sich verlieben, sehr zur Freude von Frau Doktor Zeit, der Chefärztin Angela, einer berühmten Ärztin, von der es hieß, „die Zeit heilt alle Wunden".

So war alles nicht so schlimm. Eine der drei Bananarama-Sängerinnen, die auch Hobbygärtnerin war, und der Anstreicher Joseph Beuys verließen gerngesund die Klinik, nachdem die Zeit alle Wunden geheilt hatte. Der erste Weg führte die beiden Turteltauben in den schön gepflegten Garten der einen Bananarama-Sängerin. Sie wollte dem Anstreicher ihr Beet zeigen.

Costa Brava

Zehn Kontinente in vier Tagen, dieses Reiseangebot reizte den Schlagersänger Benjamin „Benny" Bumsmann, und er betrat das Reisebüro, in dessen Auslage ein Toter lag, eine Leiche in spanischer Tracht, die Lust auf einen netten Costa-Brava-Urlaub machen sollte. Benny Bumsmann zeigte sich natürlich ein wenig pikiert ob der provokanten Werbestrategie dieses Reisebüros. Muß das denn sein, mit einem toten Spanier im Schaufenster Passanten anzulocken? „Menschenskinder, ihr habt Ideen!" sagte Bumsmann augenzwinkernd, als er auch noch ein paar Tote an der Wand hängen sah, die nur mit Neckermann-T-Shirts bekleidet waren. „Sie wünschen?" fragte die Besitzerin des Reisebüros, deren kleines Schildchen auf der Brust verriet, daß sie Mechthild Bumsmann hieß. „Wie, Sie heißen auch Bumsmann?" fragte Benny irritiert. „Was, Sie etwa auch?" fragte Mechthild zurück. „Ja sicher, ich bin Benjamin Bumsmann, der Schlagersänger! Sie kennen mich bestimmt, mein letzter Hit hieß ‚Ich bin Bumsmann, wer bist du', kennen Sie den?" „Nein, kenn' ich nicht.", sagte sie, „Kennen Sie von Gabi Schlickwurst den Titel ‚Ich schluck die Wurst, und du'?" „Nein.", antwortete Benny Bumsmann errötend und stieß mit dem Rücken gegen eine Leiche, die einen Cowboyhut trug und so Lust auf einen Amerikatrip machen sollte. Daneben stand ein Skelett mit einer PanAm-Stewardessenuniform. Wie der Zufall es wollte, betrat in diesem Moment Gabi Schlickwurst das Reisebüro. „Oh, wow, Frau Schlickwurst!" rief Mechthild Bumsmann begeistert, „Ich bin ein großer Fan von Ihnen! Vor allem ‚Ich schluck die Wurst, und du', ein toller Hit, Frau Schlickwurst!" Mechthild Bumsmann schob Benny Bumsmann an die Seite zu den Leichen mit den Schottenröcken und kümmerte sich nur noch um das alternde Schlagersternchen Gabi Schlickwurst. Plötzlich wurde Benny unheimlich. Er spürte den Herzschlag einer vermeintlichen schottischen Leiche! Lebte der Mann noch? Wie kamen all die Leichen in dieses Reisebüro? „Was zum Teufel wird hier gespielt, und wo bleibt die Polizei?" flüsterte der Interpret von „Ich bin Bumsmann, wer bist du?", Sätze, die man sonst nur im Kino hört. Mit seinen zittrigen Händen wählte er die Polizeinotrufnummer auf seinem Handy. „Schlickwurst!" meldete sich ein Polizist am anderen Ende der Leitung. „Schlickwurst?" fragte Bumsmann flüsternd zurück. „Yo, Schlickwurst, wie die berühmte Schlager-Schlickwurst!" triumphierte der Polizist am anderen Ende, „Kennen sie zufällig ihren Hit ‚Ich schluck' die Wurst und du'?" „Jaja", antwortete Bumsmann, „kenn' ich. Hören Sie: ich bin in einem seltsamen Reisebüro, und ich wollte fragen ..." Doch Benny Bumsmann sollte diesen Satz nie vollenden. Denn just in diesem Moment entpuppte sich die noch lebende schottische Leiche, auf der Bumsmann lag, als der ekelhafte ZDF-Moderator Thomas „Tommy" Orner, der Bumsmann reingelegt hatte für seine Versteckte-Kamera-Show. „Na, verstehen Sie Spaß?" krächzte die ZDF-Sau mit breitem Grinsen. „Nein, überhaupt nicht. Kein bißchen", antwortete Bumsmann und biß vor laufender TV-Kamera und 50 Statisten dem ZDF-Star Tommy Orner die Halsschlagader durch.

Brunos Abgang

Bruno und Bruno sind zwei Brüder, die beide Bruno heißen. Sie sind Wehrdienstverweigerer und beide bei der Army und als Panzerfahrer in Ohio stationiert. Bruno und Bruno sind tief religiös und fromm und können keiner Fliege was zuleide tun. Daher verwunderte es niemanden, als Bruno und Bruno in Gewissensnotstand den Kriegsdienst verweigerten. Der Gewissensprüfer Dr. Goran Ivanisevic attestierte Bruno und Bruno Humanität und Friedfertigkeit. Dr. Ivanisevic anerkannte die Brüder als Kriegsdienstverweigerer. Wie freuten sich Bruno und Bruno über die Aussicht, alten Menschen zu helfen, Kranke zu pflegen und anderen Dienst am Mitmenschen zu leisten, anstatt säbelschwingend in den Krieg zu ziehen. Um so mehr traf sie Goran Ivanisevics Entscheidung, sie als Panzerfahrer einzusetzen, so kurz vor dem Vietnamkrieg. War das ein Heulen und Schluchzen im Hause Bruno, war das ein Schock! Bruno und Bruno, die beiden langhaarigen Wehrdienstverweigerer, sind die einzigen Kriegsdienstverweigerer, die Panzerfahrer sind. Aber sie erfüllten ihre Pflicht, die Goran Ivanisevic ihnen auferlegt hatte, und wurden zu den gefürchtetsten Killern, die Vietnam je gesehen hatte. Die Tränen standen den überzeugten Pazifisten bei jedem Mord in den Augen. Auf dem Ohioer Soldatenfriedhof ruhen Bruno und Bruno heute in einem Brunograb. Als Inschrift ist zu lesen: „Hier ruhen Bruno und Bruno, die einzigen Wehrdienstverweigerer, die Panzerfahrer waren."

Arztarzt Dr. Szenemieze

Arztarzt Dr. Szenemieze ist Arztarzt, besser Ärztinnenarzt. Dr. Szenemieze, der rotwangige freundliche Gynäkologendoktor, trägt ständig ein kleinkalibriges Gewehr am Arztgürtel, trinkt gern einmal ein Glas Montana-Haustropfen zuviel und ist privat ein Bastler in Unterhaltungselektronik. Bekannt wurde Szenemieze in Ohio aber vor allem wegen seiner Fähigkeit, Frauen zu Babys zu verhelfen, die keine Neugeborenen sind. Arztarzt Dr. Szenemieze hat im Verlauf seiner Karriere als interessanter Geburtshelfer bereits 64 Babys zur Welt gebracht, die bei ihrer Geburt älter als 28 waren! Seine Patientinnen, ausschließlich Ärztinnen aus Columbus, schätzen Szenemieze und nennen ihn liebevoll „Old Baby Doc".

Dance, Detlef, dance!

Es sollte eine Weltreise werden oder ein Auto oder eine Wohnlandschaft, etwas ganz Besonderes eben, aber schmeck's, alles was Mag. Rufspeck zum Tode seiner Frau, seinem großen Jubeltag, von seinem besten Vater geschenkt bekam, war ein Gutschein für einen privaten Tanzkurs. „Da hätte meine Alte ja genausogut weiterleben können! Noch 'n elendes, fades Jährchen oder so! Schönen Dank, Papa!" zeigte Rufspeck sich unwirsch im Angesicht des öden Gutscheins, nicht ahnen könnend, daß der Kurs mit dem primitiven Titel „Dancing with Detlef" sein Leben mindestens so verändern sollte wie eine neue Wohnlandschaft. Rufspeck zerriß den zuvor von ihm verbrannten, bespuckten und bekoteten Gutschein auf der Stelle und wandte sich wieder dem Pfirsich zu, den Rufspeck sich als Ersatz für seine tote Frau am Obstmarkt gekauft hatte. Die Phrase „dancing with Detlef" hatte er sofort aus seinem Gedächtnis gelöscht. Er haßte Tanzen, er haßte diesen Schmus aus Trallala, Tatü und darf ich bitten, er war ein Mann! Der scheißt sich in die Hose, wenn er muß!

Der pfeift auf Konvention, der stinkt, wenn alle Tänzer duften, Schluß aus, Pfirsich her! Doch dann läutet's an der Tür, an einem Märztag im Spätherbst. Draußen steht Tanzlehrer Detlef und sagt: „HALLO RUFSPECK, WILLST DU MIT MIR TANZEN?" Vorsichtig schaute Rufspeck durch den Spion und traute seinen Augen nicht. Da draußen stand eine Art Mensch, dessen moosbelegte Zunge bis zum Boden hing, voll mit Taubenkot und Fischgräten. „ICH BIN'S, DETLEF!" schrie der Narr, dessen Beine fehlten, so daß er sich auf einem Uraltskateboard fortbewegen mußte. „Das kann unmöglich mein Tanzlehrer sein", flüsterte Rufspeck, dieweil sein Herz so laut schlug, daß Detlef folgerichtig fragte: „OH, STÖR ICH SIE GERADE BEIM TROMMELN, RUFSPECK? KOMM RAUS, KOMM, TANZ MIT MIR DEN SLOWFOX IM STIEGENHAUS!" „Momentchen, ich zieh' mir schnell was a-han!" rief Rufspeck durch den Briefschlitz. Schnell sprang er unter die Dusche, warf sich in Schale, parfümierte sich und öffnete die Tür mit den Worten: „Darf ich bitten?" Seit diesem trüben Märztag tanzen die beiden durchs Stiegenhaus, Mag. Rufspeck gebückt und Detlef flink auf dem Behindertenwagen. Schon bald war der Pfirsich verfault. Mag. Rufspeck hatte längst einen Ersatz für seine viel zu spät verstorbene Frau, nämlich den Tanzlehrer Detlef.

Der Scharfe, den sie Knüller nannten

Küßchen Mord hat vergessen, daß er tot ist, und lebt einfach weiter in den Tag hinein, so als wäre nichts gewesen, post mortem. Früher, als er noch lebte, hatte Küßchen Mord eine Augenbrauenfirma, zusammen mit seinem Bruder, den sie Wellblech nannten. Wellblech Mord kam leider schon tot auf die Welt und konnte deshalb nie mehr Salsa tanzen, was eigentlich sein Hobby gewesen wäre. Die Augenbrauenfirma ging pleite, als Küßchen Mord feststellte, daß er Norweger war – Scheiße, das! Er starb, und damit wäre die Geschichte von

Küßchen Mord, dem Scharfen, den sie Knüller nannten, aus, hätte Küßchen nicht vergessen, daß er tot ist, was ich jetzt zum zweiten Mal erwähne und mich schäme. Zurück zu Mord, der heute als Double beim Film arbeitet, aber niemandem ähnlich sieht und deswegen noch nie Geld gesehen hat. Ja, meine Damen und Herren, sind wir nicht alle Norweger, die irgendwann einmal mit einer Augenbrauenfirma scheitern, sterben und das dann vergessen? Tja, wie sage ich immer: „Hey you, the rock-steady crew!" Sie wissen, wie ich's meine. Alle acht!

Das Auge

Das Auge ist der König der Tiere im Zoo Mensch. Mit einem Auge kann man gut sehen, praktisch alles, bis auf das andere Auge. Vom Flugzeug aus kann man mit dem Auge rausschaun, dann sehen die Menschen aus wie Ameisen. Wer sehr gute Augen hat, der kann aber auch die Ameisen vom Flugzeug aus sehen. Die sehen dann auch aus wie Ameisen! Wenn das Auge abbricht oder Durchfall hat, dann muß es zum Augenarzt. Wenn man nachts schläft und also die Augen zuhat, aber trotzdem noch was lesen will, dann kann man's Augenlicht anmachen. An erweiterten Pupillen kann man sehen, daß die Augen Drogen nehmen. Aber wenn man sie drauf anspricht, streiten sie es oft ab, man kann also seinen eigenen Augen nicht trauen! Es sind so schlechte Augen. In der Augenhöhle wohnt Iris. Die Augen sind nicht stubenrein, sie gehen nachts aufs Klo, und morgens hat man den Dreck in den Augen! Und so beginnt jede vernünftige Körperpflege mit der Augenauswischerei. Sehbehinderte ziehen oft ein Auge nach oder schieben es in einem Rollstuhl vor sich her, daher das Sprichwort „Morgenstund' hat Gold im Mund". Gute, gesunde Augen sind in der Lage, hell – dunkel zu unterscheiden und die Silhouetten von Menschen zu erkennen, die direkt vor einem stehen! Vorsicht beim Essen: Man muß seinen Teller verteidigen, denn das Auge ißt mit! Tja, das ist schon ein tolles Ding, unser Auge!

Der Mann, der früher aufsteht!

Ärmel Mais (wie das Getreide) ist der Mann, der früher aufsteht. Die Sekretärin Ginger Wreck (wie das Wrack auf Englisch) stand heute um 7 Uhr 30 auf, so wie immer, um rechtzeitig zur Arbeit zu kommen. Der Werbegrafiker Büffel Winter (so wie die Jahreszeit) stand kurz vor Ginger Wreck auf, so gegen 7 Uhr 15, weil er noch baden und trotzdem noch rechtzeitig zur Arbeit kommen wollte. Die Stenotypistin Fricky Spray (so wie das für die Haare und die Achseln und ein reizendes österreichisches Plattenlabel), Fricky Spray stand heute schon um 6 Uhr 50 auf, um noch Frühstücksfernsehen zu schauen und dann pünktlich zur Arbeit zu gehen. Und Ärmel Mais? Wann stand der gute Ärmel Mais heute auf? Um 6 Uhr 49! Denn: Ärmel Mais ist der Mann, der früher aufsteht!

Ärmel Mais (wie das Getreide) ist der Mann, der früher aufsteht. Schnaus Käfer (so wie das kleine Tier) stand heute schon um 5 nach 6 auf, weil er noch ein Rendezvous hatte und dann zur Arbeit ging. Die Karikaturistin Lippi Hagel (so wie das Wetter) mußte schon um 10 vor 6 aus den Federn, weil sie noch den Mäusekäfig reinigen mußte, bevor sie zur Arbeit ging. Die Plakatkleberin Plush Frustration war schon um 5 Uhr 33 unter den Wachen, um aus falsch verstandenem Ehrgeiz früher als ihre Kolleginnen zu affichieren. Und Ärmel Mais? Wann stand Ärmel Mais heute auf? Um 5 Uhr 32! Denn: Ärmel Mais ist der Mann, der früher aufsteht!

Die Kasperldarstellerin Körper Spiegel (wie das, was im Bad hängt, wenn man eitel ist) stand heute schon um 3 Uhr 10 auf, um das Krokodil schon mal vorzuprügeln und dann blöd ab 6 herumzukaspern wie immer. Die Hinterglasmalerin Käthe Mist (so wie der Abfall) stand heute schon um 2 Uhr 58 auf, um hinter einem Bierglas sitzend irgendwas zu malen, was keinen Menschen interessiert. Der Knecht Matthias Schuh (wie das, was man unten hat) stand heute schon um 2 Uhr 40 auf, um seinem Herrn noch schnell ein folgsamer Diener zu sein und danach windelweich geknechtet zu werden, und natürlich stand er deswegen so früh auf, um Ärmel Mais ein Schnippchen zu schlagen und als erster aufzustehen! Und Ärmel Mais? Wann stand der gute alte Ärmel Mais heute auf? Um 2 Uhr 39, eine Minute vor Matthias Schuh, denn: Ärmel Mais ist der Mann, der früher aufsteht!

Ärmel Mais (so wie das Getreide), Ärmel Mais ist der Mann, der früher aufsteht. Die Henry-verwandte Bridget Fonda (so wie das Mofa, nur mit F) steht jeden Morgen um 3 Uhr 20 auf, um sich selbst zu malen und dann rechtzeitig bei Henry, Peter und Jane zu sein und vor allem, um früher aufzustehen als Ärmel Mais. Der Satanist Peter Rette (so wie das, was man raucht, nur ohne Zigar-) stand heute schon um 5 vor 3 auf, um ordentlich rumzuteufeln, aber vor allem stand er deshalb auf, weil er die Hoffnung hatte, früher aufgestanden zu sein als der gute alte Ärmel. Der Organhändler Volker Rilke (so wie der Dichter) sprang schon um halb 3 aus den Federn, um so früh wie möglich Nieren zu verhökern, aber auch und vor allem, um endlich früher dran zu sein als der ausgeschlafene Mais. Und Ärmel Mais? Wann stand Ärmel Mais heute auf? Ärmel Mais stand heute schon um 2 Uhr 29 auf! Denn: Ärmel Mais ist der Mann, der früher aufsteht!

Der Pastetenchauffeur

„Sie bleiben schön hier", sagte die Dame am Lufthansa-Schalter, als der Pastetenchauffeur sein Ticket nach Rio vorzeigte. Vor seinen traurigen Augen zerriß die resolute Dame den Flugschein und winkte den nächsten Passagier heran, den sie anstandslos abfertigte und der heute überglücklich in Rio de Janeiro lebt.

Mutlos hinkte der 62jährige Pastetenchauffeur zu seinem grauen Lieferwagen und weinte dort 4 Zentner Gänseleberpastete naß. 61 Jahre hatte er auf dieses Flugticket gespart. Er wollte in Rio auf der Straße leben, am Wochenende Armensuppe essen und den Rest der Zeit vor der Fremdenpolizei flüchten. Er wollte das Leben spüren. Oft malte er sich entzückt aus, wie es wäre, zu verhungern oder erschlagen zu werden. Das waren häufig feuchte Träume, aber nicht im sexuellen Sinne, sondern weil das Schiebedach des Lieferwagens nicht mehr zuging, und er schlief oft im Wagen zwischen seinen Pastetenlieferungen.

Resignativ startete er den Motor. Während er fuhr, erfuhr er, daß die nächste Fuhre nach Erfurt führt. Er sollte dort eine 49jährige spleenige Nonne mit 20 kg Gänseleber mästen. Sein Spezialgebiet: eine SM-Fahrt. Er war der einzige Sado-Maso-Gänseleber-Zulieferer Europas, und er haßte seinen Beruf. Aber er war prädestiniert für diesen äußerst schwierigen Lehrberuf, denn seine dünnen Beine ermöglichten es ihm, in jeden noch so kleinen Hals mit dem Fuß hineinzufahren, um die Gänseleberpastete nachzustopfen. Mein Gott – wieviel verirrte Seelen hatte er auf diese Art und Weise schon gemästet und wie rochen seine Beine! Der Mann war fertig! Er wollte mit allem abschließen, nicht nur mit dem Schlüssel, wie sonst. Er fuhr auf den Pannenstreifen, schaltete das Radio ein, und zur Musik von Gans und Roses begann er sich mit dem rechten Bein Pastete in den Hals zu schieben. Ein Kilo Pastete nach dem anderen.

Als die Polizei ihn fand, war er selbst kaum noch zu erkennen. Er hatte die ganze Ladung Gänselberpastete in sich reingestopft. Im Handschuhfach, also im Fach seines Arbeitshandschuhs, fand der Inspektor einen Abschiedsbrief, darauf stand, mit Pastete geschrieben: „Na, mal was anderes, Herr Inspektor, als sich einfach öd in den Kopf zu schießen, was? Ich wette, das ist der spektakulärste Selbstmord, den Sie Schießbudenfigur je erlebt haben!" Der souveräne Inspektor gähnte und zerriß den Abschiedsbrief. Wohl wissend, daß das nur ein weiterer Routinefall war. hatten sich doch in den letzten Wochen über 82 Menschen auf diese Art das Leben genommen.

Was blieb vom Pastetenchauffeur war der zum Himmel stinkende Lieferwagen, in dem heute die Band Rammstein von Konzert zu Konzert fährt.

Frauenarzt Dr. Markus Merthin – sämtliche Folgentitel:

„Mechthilds Baby" (Pilotfilm), „Vorbereitungen", „Geburtstag", „Blechschaden", „Konstantin", „Bettruhe", „Ein Leben", „Der Besuch", „Abschied", „Liebhaber", „Überfall", „Zweiter Versuch", „Ehe auf Probe", „Urlaub", „Gekündigt!", „Beziehungen", „Babys", „Alte Bekannte", „Pläne", „Träume", „Jockel", „Notfall", „Neue Hoffnung", „Die Amerikanerin", „Hochzeit", „Glaube, Liebe, Hoffnung", „Unverträglichkeiten", „Schatten der Vergangenheit", „Neubeginn", „Das Ende einer Safari", „Langfingers Baby", „Gott nimmt, Gott gibt", „Liebe, längst vergessen", „Die Duftnase", „Der Unfall", „Die Geburt", „Besuch bei Alois", „Heimkehr der Tochter", „Wollwurst", „Nach der Fete", „Verwechslung", „Gut beraten", „Was gestern war", „Die neue Praxis", „Diagnose: positiv", „Die Krise", „Eine Entscheidung", „Freunde", „Ohr auf Bohnen", „Kirchenasyl", „Das Wunschkind", „Unschuld", „Noch einmal leben!"

Das kleine gelbe Haus

Das kleine gelbe Haus da unten auf der Straße sieht sehr putzig aus. Doch wer weis was sich drin tut? Sind Herzen draufgemalt, auf die Türen vom kleinen gelben Haus dort unten auf der Straße. Ein Hündchen und ein Söhnchen spielen Ball davor, vor dem kleinen gelben Haus da unten auf der Straße. Doch wer weiß was sich drin tut? Da kommt ein Mann daher, nervös gekleidet, fröhlich pfeifend, schnellen Schritts, geht links am kleinen gelben Haus vorbei. Schaut er durchs Fensterchen hinein? Sieht er, was sich drin tut, im putzig kleinen gelben Haus da unten auf der Straße? Er geht vorbei. Schaut nicht hinein. Will gar nicht wissen, was sich drin tut. Da fällt ein Schuß. Peng! Drei Damen fallen um, drei alte Damen. Sie wohnen rechts vom Haus, im Altersheim. Vielleicht die letzten drei, die wußten, was sich tut im kleinen putzig gelben Haus da unten auf der Straße. Da steckt ein Mann sein Köpfchen raus, aus dem kleinen gelben Haus. Ja, Kruzifix und Sodom und Gomorrah! Es ist der Jörg, der Jörg Wontorra, der von „ran" und „Bitte melde dich"! Der wohnt da drin im putzig kleinen gelben Haus und steckt jetzt nicht nur das Köpfchen raus, der Jörg Wontorra. Jetzt hält er auch den Kerner raus, das hältste ja im Kopf nicht aus! Der Wontorra Jörgl ist schlicht durchgeknallt. Hat wohl zuviel Fuß geballt!

Die Wirklichkeit ist es, die uns täuscht!

sagte Norbert Nigbur, dem man solche Sätze gar nicht zugetraut hätte. Normalerweise hörte man von Norbert Nigbur eher so Sätze wie: „Schnauze, Arschloch!", oder: „Arschloch, Schnauze!" Nigbur hat sich offensichtlich geändert, er haut nicht mehr alle doud. Nigbur läßt jetzt leben! Das macht Nigbur zu einem Außenseiter in unserer brutalen Mediengesellschaft. Norbert Nigbur ist seit zwei Wochen Redakteur beim Wiener Lokalsender W1. Er betreut dort die Sendungen „Reden wir über Umgebung" und „Reden wir über Musical". Auf die Titel dieser Sendungen ist er ganz besonders stolz. Als er vor zwei Wochen von einem Senderverantwortlichen in einer Wiener Branntweinstube angesprochen wurde: „Herr Nigbur, hätten Sie Lust, bei unserem Faschings- und Scherzsender W1 die Sendungstitel zu erfinden?", sagte Norbert erst „Schnauze, Arschloch!", überlegte es sich aber dann und meinte zehn Minuten später: „Arschloch, Schnauze!" Gekränkt schlich der W1-Verantwortliche zur Tür, da brüllte Nigbur völlig betrunken: „Die Wirklichkeit ist es, die uns täuscht!" Norbert nahm den Job an und erfand sturzbesoffen innerhalb von zwanzig Sekunden sämtliche Titel des Wiener Realsatiresenders W1. „Reden wir über Umgebung" ist für einen, der sechs Promille im Blut hat, gar nicht schlecht! Hut ab, Norbert Nigbur!

Die Hand

Die Hand ist die Spülung in der Toilette Mensch. Die Hände sind sehr empfindlich und ekeln sich oft, dann müssen sie sich schütteln. Vor allem ekeln sie sich vor sogenannten „guten Bekannten", das ist dann ein Händegeschüttle ohne Ende. Oft brechen die Hände dabei sogar, so zum Kotzen finden sie das! Der Handrücken ist oft verspannt, weil man seine Hände so krumm hält, dann muß die Hand so blöde Gymnastikübungen machen oder zum Masseur. Wichtig ist für die gute Handhaltung deshalb auch das richtige Schuhwerk. Handschuhe sollten keine zu hohen Absätze haben. Viele Menschen haben zwei Hände, alle anderen sind entweder sogenannte „Linkshänder" oder „Rechtshänder". Oft verdienen Menschen sich noch etwas dazu, indem sie neben ihrer eigenen Tätigkeit auch mit zusätzlicher Handarbeit den einen oder anderen Schilling machen, ohne der Hand ihr Handgeld abzugeben. Das führt dann oft mit der eigenen Hand zu einem handfesten Streit. Das Lieblingsspiel der Hände ist Handball, oft sieht man in verschwitzten Turnhallen viele alleinstehende Hände so ihre Freizeit verbringen. Weil Hände aber zu extremen Schweiß neigen, sollte man schauen, daß die Hände nach dem Spiel, wenn sie nach Hause kommen, auf jeden Fall duschen gehen. Hände gehen einem oft auf die Nerven, weil sie kindisch sind und Unfug machen. Wenn Hände also einen Handstreich machen, dann muß man durchgreifen und sofort ein paar auf die Finger geben. Das einzig gute an Händen ist, daß man vorm Einschlafen noch ein bißchen in der Hand lesen kann. Insgesamt sind die Hände faule Säcke, sie schlafen ein oder liegen den ganzen Tag auf dem Sofa. Mit einem kräftigen „Hände hoch!" kann man versuchen, sie zu Aktivitäten zu bewegen, daher auch das Sprichwort: „Die dümmsten Bauern haben die dicksten Kartoffeln." Wenn man seine Hand nicht mehr mag, dann kann man einem anderen seine Hand geben, soll der doch gucken, wie er damit klarkommt! Tja, das sind schon tolle Dinger, unsere Hände!

Im Wald 1976

Im Wald 1976, der Trommler Ringo Starr ging schießen, mit der Absicht, die vier Beatles ordentlich zu vermorden. Ringo versteckte sich im Baum und harrte der Beatles. Da kamen sie, die Beatles, aus einem Massagesalon im frühnebligen Wald und sahen die Nase von Ringo nicht vor Augen. Ringo hat aus der Nase geschossen, und alle vier waren doud!

Das mathematische Frühstück mit Ansgar und seiner Mutter

"Ansgar, sei nicht so garstig! Geh in die Garage, und hol das Gartengerät!"
Ich kürze „gar":
"Ans, sei nicht so stig! Geh in die age, und hol das tengerät!"
"Halt's Maul, Mutter!"
Ich kürze „m":
"Halt's aul, utter!"

Die Welt, wie sie sich Bohne präsentiert

Bohne, dieser schüchterne, in sich gekehrte Aufreißertyp aus Ohio, wo er als Traktorimitator in einem heruntergekommenen Zirkus arbeitet, dieser Bohne, gelb im Gesicht wegen einer seit Jahren nicht behandelten Hepatitiserkrankung, ist wohl der einzige Traktorimitator der Welt der immer genau das Gegenteil dessen erlebt, was unsereins erlebt. Für Bohne ist die Welt nur mehr verwirrend, und daß er noch ganz dicht ist, spricht für ihn. Obwohl, kann man jemand noch als ganz dicht bezeichnen, der sein Geld als Traktorimitator verdient? Das nur nebenbei, zurück zu Bohnes verdrehter Welt. Bohne raucht nicht und hat Lungenkrebs. Bohne trinkt nicht, ist aber ständig nur besoffen. Wenn Bohne Handstand macht, dann ist der Kopf ganz oben, und wenn Bohne sich rasiert, dann sieht er nachher aus wie Vadder Abraham! Aufgefallen ist Bohne seine verkehrte Welt schon früh, als er kurz nach seiner Geburt seine Mutter stillen mußte. Und so stolpert Bohne, der Traktorimitator aus Ohio, bis heute von einer verdrehten Situation in die nächste.

Weihnachten mit Albert Fortell in der Ohrfeigenanstalt

„Eigentlich", schmunzelt Dr. Kafelnikov, „sollte Matthieu Carrière bei uns in der Ohrfeigenanstalt behandelt werden, aber aus Versehen haben meine Mitarbeiter Albert Fortell eingeliefert, und, unter uns gesagt, es ist doch Jacke wie Hose, wer von den beiden eine geschmiert bekommt." Ja, es ist eine besondere Art, Weihnachten zu feiern, hier, in der Ohrfeigenanstalt von Dr. Kafelnikov!

Die Henry-Maske-Maske

Boxen ist wie Kotzen, schön und warm, und wird von Werner Schneyder kommentiert. Geboxt wird nur im Winter oder in Alaska, deshalb tragen die Boxer Handschuhe (vielleicht schon mal gesehen). Boxer kämpfen in einem Ring. Sie können sich also vorstellen, wie klein diese Wesen sind! Meistens kämpfen Max Schmeling und Henry Maske gegeneinander, die beiden einzigen Boxer auf der Welt. Durch das ständige Schlagen auf den Dummkopf sind beide blöd geworden, der Max und der Henry – auch schon so blöde Namen! Aber sie sind beide sehr populär, populärwissenschaftlich gesprochen. Privat können sie nur Fliegen was zuleide tun. Max Schmeling vergewaltigt seit Jahren ein und dieselbe Obstfliege, und Henry Maske mißhandelt seit Jahren den deutschen Fernsehtalkmaster Jürgen Fliege. Beide scheuen die Öffentlichkeit und wollen nicht erkannt werden. „Was kann man da tun?" fragte Max Schmeling den dümmeren der beiden, Henry Maske, und fügte hinzu: „Unsere Gesichter sind zu prominent!" „Da hilft nur eins", sagte Maske, „Maske kaufen!" Doch der dummgedoofte Henry Maske war so doofgedummt, daß er sich im Maskengeschäft eine Henry-Maske-Maske kaufte, und wundert sich seitdem darüber, daß er als Henry Maske mit Henry-Maske-Maske immer noch als Henry Maske erkannt wird, trotz Henry-Maske-Maske, der Trottel der Nation!

Johnnys Traum

„Bist du es, Mutter?" fragte Johnny, als er seine Mutter Kreuzworträtsel lösend im Ohrensessel sitzen sah. Sie wohnten seit 46 Jahren zusammen in einer sehr, sehr kleinen Wohnung, ein halbes Zimmer und ein Viertel Klo, Wohnzimmer, Schlafzimmer und Arbeitszimmer am Gang. „Frag doch nicht so blöd!" antwortete seine Mutter. Zufrieden lehnte Johnny sich zurück in der Wohnung, die einen halben Quadratmeter groß war. Johnny hockte auf der Lehne des Ohrensessels der Mutter. Er mußte dort sitzen, denn der Ohrensessel nahm den gesamten Platz der günstigen Halbzimmerwohnung ein. Die Wohnung war so klein, daß Johnny sich letzten Herbst seine abstehenden Ohren operativ anlegen lassen mußte, weil die Ohren sonst ständig an den Wänden gescheuert hätten, an allen vier Wänden, je nachdem, wie er seinen Kopf hielt.

Johnnys Mutter hatte sich bereits vor 14 Jahren aus Platzgründen die völlig gesunden Beine amputieren lassen. Ja, der Wohnungsmarkt in Tokio war hart! Die Luft des fensterlosen Lofts war knapp bemessen, so knapp, daß Johnny und seine Mutter nicht gleichzeitig atmen konnten. Immer schön einer nach dem anderen. Die Wohnung verlassen ging gar nicht, weil die Tür clevererweise nach innen aufging. „Ach ja, natürlich, tut mir leid, Mutter. Von hier oben, Mutter, siehst du manchmal aus wie Yul Brunner", sagte Johnny verzagt. Johnnys Mutter hätte ihn gern geohrfeigt, aber es war zuwenig Platz da, um auszuholen. Mutter hatte eine Glatze, ja, aber aus Platzgründen, weil ihr dicker Zopf nicht mehr in die Wohnung paßte. Mutters Zopf und die Beine hingen im Arbeitszimmer am Gang, für die beiden unerreichbar, genauso wie Johnnys Schädeldecke. Er hatte sich selber die obere Hälfte seines Schädels entfernt, auch aus Platzgründen. Jetzt stieß er direkt mit den Augen an die Zimmerdecke. Im Inserat war die Wohnung vor 46 Jahren als, Zitat, „gemütliches Schnäppchen für Impotente" angepriesen worden, denn eine Erektion war verständlicherweise aus Platzgründen unmöglich. „Gut, Mutter. Dann schönen Tag noch, Mutter", flüsterte Johnny. „Moment noch, Johnny! Anderes Wort für räumliche Begrenztheit mit vier Buchstaben ..?" Sie löste grundsätzlich nur Kreuzworträtsel die maximal vier Buchstaben hatten, denn längere Wörter wären sich aus Platzgründen niemals ausgegangen. „Enge, Mutter! Enge!" antwortete Johnny stolz und schloß die Augen. Er träumte von einem zweiten Ohrensessel. Aber er wußte, das würde wohl für immer einfach nur Johnnys Traum bleiben.

Dimitri, Igor, Pjotr und František

Dimitri, Igor, Pjotr und František, vier hochintelligente bescheidene junge Ostblock-Universitätsdozenten, erleben tagein, tagaus die ganze fancy Ostblock-Party. Alles grau in grau, Fellmützen, Essensmarken, Holztisch mit drei Beinen, und jeder nur eine einzige Ostblock-Socke, eben die ganze fancy Ostblock-Show! Ja, da sitzen sie blaß und ausgezehrt, gebeutelt vom Polithorror um sie herum, sympathisch und belesen, Dimitri, Igor, Pjotr und František, vier schöne junge Menschen aus dem Ostblock. Erbse unterm Weihnachtsbaum, teilen teilen teilen, altruistisch, kommunistisch, cool, die ganze fancy Ostblock-Party eben! Dimitri und Igor, Freunde, bärtig, gutmütig, noch nie im Ausland gewesen, aber kreuzgescheit und musisch, genau wie Pjotr und František! Zweistreifiger Trainingsanzug, Schlapfen, gute Mütter gute Mütter, dicke Brillen, die ganze fancy Ostblock-Party geht ab, wenn Dimitri, Igor, Pjotr und František im Türkensitz still in einer Ecke kauern! Wodka aus dem Fingerhut, Castro-Poster, Honecker-Büsten, Krankenschein und Mausoleum! Gute Nacht, František! Schlaf gut, Igor!

Schneewittchentorte

„Das stinkt", dachte die Siebenkämpferin, als es stank, und „Hm, da riecht's aber gut", als es duftete. Sie war brillant, konnte alles sofort auf den Punkt bringen. Im Siebenkampf mußte sie in 5 verschiedenen Disziplinen antreten: Hochsprung, Weitsprung, Stabhochsprung, Eisprung, Bernd Herzsprung und Vorsprung. „Das sind ja 6 Disziplinen", sagte die Siebenkämpferin, und das Internationale Olympische Kommikaffee Komitee beschloß, den Siebenkampf der 5 Disziplinen zum Fünfkampf der 6 Disziplinen zu machen. Sportlich war sie am Zenit, aber privat ging alles drunter. Sie hatte sich in ein Pferd aus der Pferdefleischhauerei verliebt. Eine 69jährige süddeutsche Stute mit leichter Gehbehinderung. Die kranke Stute und die Siebenkämpferin gingen oft zusammen spazieren, schwimmen, bummeln oder ins Autokino. Sie verstanden sich toll, beide liebten den Schlagersänger Benny Bumsmann, und beide interessierten sich für das chinesische Horoskop, denn im chinesischen Horoskop war die Siebenkämpferin ein Pferd. Das Pferd übrigens auch wieder Pferd. Das verband sie.

Bei Sportveranstaltungen sah man die lahme Stute oft auf der Tribüne sitzen und Hufeisen drücken.

1995 war ein düsteres Jahr ihrer Beziehung. Der Fleischermeister entschied, daß die inzwischen 74jährige lahme Stute geschlachtet und zu 38 Leberkässemmeln verarbeitet werden sollte.

Während die Siebenkämpferin nichtsahnend beim Siebenkampf-Meeting in Götzis im Eisprung verdiente 34. wurde, endete ihre Freundin in der Vitrine der Fleischhauerei, in 38 Stücke geteilt.

Als die Siebenkämpferin erfuhr, was ihrer Freundin widerfuhr, fuhr sie sofort in die Fleischhauerei, erschoß den Fleischermeister und kaufte der glücklichen Witwe ihre in 38 Stücke zerrissene Freundin ab. Mit den 38 Leberkässemmeln sah man sie fortan bei jedem Benny Bumsmann-Konzert. Warum denn auch nicht? Wo leben wir denn, daß man nicht mit 38 Leberkässemmeln zusammenleben kann? Das ist doch ein aufgeklärtes Land, wir leben nicht mehr in den 50er Jahren!

Nur beim Sex gab's wegen dem Senf manchmal Probleme. Oder muß man korrekterweise sagen „wegen des Senfes"? Fragt man die Siebenkämpferin, sagt sie klar und eindeutig: „Wegen des Senfes. Genitiv!"

Der Genitiv von Schneewittchentorte übrigens ist „Schneewittchentorte".

Elke, Elke Ladenhüter!

Elke kann kein Best-of-Album machen. Nix und nix und wieder nix. Elke war noch nie in love, es hat noch nie so richtig *zoom* gemacht. Elke ist normal, nur: Das kann man so schlecht aufs Best-of-Album geben. Elke, Elke Ladenhüter! Bei ihr ist immer alles irgendwie solala und glimpflich. Ihr Hund ist elf, ihr Bruder zwölf und ihre Glückszahl dreizehn, nur: Das kann man so schlecht aufs Best-of-Album geben. Wenn sie Zahnweh hat, dann sind's die Zähne; Elke sagt zurecht: „Was sonst?". Jaja, schon klar, Elke, nur: Willst du das aufs Best-of-Album geben?

Elke, Elke Ladenhüter! Elkes Traum wär' einmal eine Tasse Cappuccino, wie die Italiener! Jaja. Elke ist schon einmal in einem Volvo mitgenommen worden. Elke hat „Sport am Montag" früher zwei-, dreimal gesehen. Elkes Globus ist von innen beleuchtbar. Schon recht, Elke, aber das kann man so schlecht aufs Best-of-Album geben. Elke sieht so aus wie Whoopie Goldberg, nur: Sie ist ganz weiß, und das schaut – mit Verlaub – sehr Scheiße aus. Das sagt sie selbst und weiß genau, man kann es nicht aufs Best-of-Album geben! Elke, Elke Ladenhüter! Der schreiende Plattenproduzent Edvard Munch kann Elke vielleicht helfen ...

„ELKE!" (Stermann, schreiend) *„Ja?"* (Grissemann, mit Frauenstimme) „Elke, überlegen Sie doch mal, da muß doch irgendwas in Ihrem Leben gewesen sein, das man aufs Best-of-Album pressen kann!" *„Einmal hab' ich mit meiner Freundin telefoniert."* „Und?!" *„Nichts weiter."* „Neiiin, das geht unmöööglich! Denkense mal nach, warn Sie mal im Ausland?!" *„Einmal, ja, in Argentinien."* „Guut! Und was ist dort passiert?!" *„Ich war Gast in einer Familie."* „Und?!" *„Und da war die Omi. Sie hatte einen großen Ruf in Argentinien, man nannte sie ‚Omi Argentina'."* „Ooh! Und was ist mit dieser Omi passiert?!" *„Oh, schlechte Dinge."* „WAS für schlechte Dinge?!!" *„Sie wurde das Opfer sexueller Belästigung."* „WIE?!!" *„Männer griffen auf Omi Argentina, und ich sagte immer: ‚Nicht!* **Don't greif Omi Argentina!**'" (im Hintergrund das gleichnamige Lied) „DAS ISSES DOCH!!!"

Die Knochen

Die Knochen sind das Zünglein in der Waage Mensch. Um die Knochen hat der Mensch das Fleisch herumgeklebt. Bei sehr starken Regenfällen wird der ganze Körper samt allen Innereien naß, bis auf die Knochen, die knochentrocken bleiben. Zu viele Knochen darf man nicht essen, sonst wird einem schlecht, und man muß Knochen brechen. Also aufpassen, auch wenn man Knochenmark.

Es gibt etwa 15.000 Knochen im menschlichen Körper, aber nur 4 sind bekannt: die Elle, die Speiche, der Sattel und die Klingel. Die Knochen sind untereinander sehr zerstritten und bilden keine einheitliche Gruppierung, immer wieder kommt es zu Knochenabsplitterungen, zum Beispiel bei der Frage Nato-Beitritt ja oder nein. Normalerweise liegen Knochen den ganzen Tag in der Knochenpfanne, aber zu kochen begonnen wird nie, da kann man lange warten und muß doch hungrig vom Tisch aufstehen. Daher das Sprichwort: „Morgenstund' hat Gold im Mund."

Falsch ist auch das Gerücht, man könne in den Knochen Gold finden. Knochenabschürfungen beweisen das Gegenteil. Früher waren die Knochen insgesamt wichtiger. Unseren Vorfahren reichten für die Jagd Ellbogen und Pfeil. Damals hatten die Menschen aber auch noch kein Fleisch um die Knochen herum, ihnen schien der Knochen das Bein zu sein, der sogenannte Schienbeinknochen. Tja, das sind schon tolle Dinger: unsere Knochen.

Die Ziege brennt!

„Aus der Traum", dachte sich Oma Schön, als er aufhörte zu träumen. Dann stand er auf, der grobschlächtige, derbe Mörder. Wie immer stellte er sich dann vor den Spiegel und begann sich zu verniedlichen: „Ich kleiner, blasser, zarter Mann, tirili!" Ein psychologischer Trick von Oma Schön, um von seinen schrecklichen Taten abzulenken. In einer Sauna auf dem Land brachte Schön am 7. Juli 1974 achtzehn kleine blasse Männer in schwarzen Mänteln um. Bei der Gerichtsverhandlung rechtfertigte sich der bullige Schön mit den Worten: „Herr Richter, ich habe die achtzehn kleinen Männer nicht ermordet, sondern lediglich umgebracht." Das überzeugte den Richter, und er setzte Schön auf freien Fuß. Drei Jahre saß Schön auf dem Fuß des Richters, und seit 1977 lebt er auf dem Land in einem Häuschen, wo an der Garderobe achtzehn kleine schwarze Mäntel hängen. Ja, und jetzt ist er ganz schön old geworden. Er ist ein Pflegefall geworden, und ein gewisser „Bruno" kümmert sich um ihn, der 16jährige Sohn von Elton John. Der Bub geht auch für ihn einkaufen.

Helgas kleine Instrumentendiffamierung: der Dudelsack

„Der Dudelsack besteht aus einem sackartigen Luftbehälter aus Leder, in den der Spieler durch ein Röhrchen Luft bläst." Es ist so unvorstellbar ekelhaft, liebe Eltern, wenn man sich das mal genau überlegt, dann ist das doch Drogenmißbrauch! Hau ab, du Dudelsack! Du lächerliche kleine Sackpfeife! Du mit deinem widerlichen Doppelrohrblatt! Und, Dudelsack: Wer spielt dich denn? Ja, Dudelsack, das sind doch vorzugsweise Männer in Röcken! Das ist ja wohl ein Skandal, du bist ein Tunteninstrument! Und dich sollen unsere Kinder lernen zu blasen?! Unsere Buben sollen sich Röcke anziehen und Dudelsack pfeifen lernen? Hei, Dudelsack, das kann doch nicht dein Ernst sein! Da kann man sich ja wohl gleich die Kugel geben! Neinein, du Mistvieh, hau bloß ab, du dreckiger Dudelsack! Dudelsack, verpiß dich, keiner vermißt dich!

Dünner Jauch und dicker Strack

Ein dunkler Schatten lag über Kiemen-City, dem Anglerparadies an der Ostküste im Nordwesten des südlichen Amerikas. Dort, im Herzen der USA, in der Schaltzentrale der Machtlosigkeit, wo sonst nur dicke Angler dünne Fische angeln, dort in Kiemen-City, wo die Schwangeren fröhliche Umständ' feiern, dort im sorglosen Kiemen-City waren auf einmal selbst die dünnen Fische baff, als bekannt wurde, daß der 48jährige Hilfssheriff Sri Lanka, der bis dahin als unbescholtener Sportangler gegolten hatte, 134 Bürger der 200-Seelen-Gemeinde Kiemen-City eramselt, erdrosselt, erfinkt und erstart hatte. Sri tötete 134 Menschen und ist damit der größte Massenmörder aus Kiemen-City. Für Statistiker sei erwähnt, daß die Nummer zwei in der Massenmörderrangliste Kiemen-Citys der gutaussehende 24jährige Exilkubaner und leidenschaftliche Sportangler Sunny Marino ist. Sunny hat es immerhin – und vor allem in sehr kurzer Zeit – auf 62 Opfer gebracht. Kiemen-City hat zur Zeit also nur noch vier Einwohner, von denen zwei Massenmörder sind. Außer Sri Lanka und Sunny Marino leben in dem ursprünglichen Anglerparadies, das inzwischen zum Fischparadies geworden ist, auch die beiden Brüder Günther Jauch und Günther Strack, „der Dünne und der Dicke", wie man sie auch nennt. Die beiden leben in ständiger Angst, laufen doch die beiden Serialkiller Sri und Sunny noch immer frei herum. In Grätentown, auf der anderen Seite des Flusses, ist man erstaunt darüber, daß Günther Jauch darum bemüht ist, eine Wohnung in direkter Nachbarschaft zu Sri Lanka und Sunny Marino zu bekommen. Seinem Bruder Strack erklärt er seine vermeintlich schlauen Beweggründe ...

(Die Nachbarn von Massenmördern sagen immer: „Massenmörder? Nö, kann ich mir nich vorstellen, nie was gemerkt. Der war immer so nett!")

Die Ohren

Die Ohren sind die Kiemen im Fisch Mensch. Es gibt das rechte Ohr, das linke Ohr und das mittlere Ohr, das ständig entzündet ist. Die Ohren sind mit Steigbügeln am Kopf festgemacht, damit der Ohrenarzt nicht runterfällt beim Reiten. Alte Leute, die kein Geld haben, können sich nur schlechte Ohren leisten. Der junge Mensch hat Ohren mit 6 Gehörgängen plus Rückwärtsgang und Servolenkung, darum kann er viel schneller hören, von 0 auf 280 Dezibel in 9 Sekunden. Auf Reisen wird Ohren oft sehr langweilig, weil sie nur so öd am Kopf herumhängen. Um sie zu unterhalten, kann man ihnen kleine Videorecorder umbinden und ihnen Musikvideos zeigen, sogenannte Ohrclips. Asiaten haben übrigens Schlitzohren. Wenn die Ohren runterfallen, spricht man von Hörsturz, und sie müssen sofort zum Hals-Nasen-Ohren-Arzt, wo im Wartezimmer schon viele andere runtergefallene Hälse, Nasen und Ohren sitzen. Wenn Ohren operiert werden, brüllt der Anästhesist unerträglich laut in die Ohren rein, um sie zu betäuben. Wir Menschen können mit den Ohren hören, die Ohren selbst sind taub, weil sie selbst ja keine Ohren haben, oder haben Sie schon einmal Ohren mit Ohren gesehen?

Wenn man zu Hause schmutzige Wattestäbchen hat, kann man sie mit den Ohren wieder sauberputzen. Wenn man kurz vor Ladenschluß vergessen hat, Wattestäbchen einzukaufen, kann man auch schnell die Ohren sausen lassen. Die Ohren sind auch wichtig für den Gleichgewichtssinn. Machen Sie den Selbstversuch. Sie werden sehen, wenn Sie sich das linke Ohr abschneiden, werden Sie nach rechts umkippen. Vorausgesetzt, Sie haben sehr schwere Ohren. Zum Schluß noch ein belangloses Sprichwort: „Wer morgens die Kirchenglocken nicht mehr hört, ist garantiert schwer hörgestört."

Esches Abschied

Mädchen Esche ist noch klein und Brustschwimmen ihre große Leidenschaft. So schwimmt sie als Schwimmerin verkleidet in Schwimmseen und Schwimmeeren, die kleine Badenixe Mädchen Esche. Einmal, am Tag des Herrn, zog sie wieder ihre Froschhaut an und schwamm im Titicacasee, als sie auf einmal von weit her das Jaulen und schauderhafte Krächzen eines ertrinkenden betrunkenen Kleinkinds vernahm. Mädchen Esche, nicht faul, schwamm hin, um zu helfen, dem breiten Kleinkind. Das wie ein Loch besoffene Kleinkind lag bereits auf dem Boden des Schwimmsees und japste seine letzten Züge und fast schon seinen letzten Zug, wäre Mädchen Esche nicht gewesen, die das asoziale nichtschwimmende Waisenkind rettete. „Ich danke dir", lallte die Dreijährige, wieder in der Atemluft angekommen, und da schossen Mädchen Esche die Freudentränen in die Augen. Plötzlich kam Kapitän Dr. Petr Korda und legte der verblüfften Mädchen Esche Handschellen um die Schwimmhandgelenke. Ruckzuck kam es zum Prozeß, den Kapitän Dr. Petr Korda selbst führte, ohne Anhörung von irgendeinem Zeugen, einem Angeklagten oder sonst wem, er sprach sofort das Urteil: „Ich verurteile Mädchen Esche zum Tode durch Ertrinken, so wie es dem besoffenen dummen Kleinkindmodel Kate Moss fast passiert wäre, hätte Mädchen Esche sie nicht gerettet!" Da wurde die begeisterte Schwimmerin Mädchen Esche zu einem Meer von Tränen. „Wie ungerecht! Ich habe das Supermodel Kate Moss doch gerettet! Wieso, Dr. Korda, werde ich bestraft?" Korda schwieg, und Esche fügte sich ihrem Schicksal. Auf dem Grabstein steht noch heute zu lesen: „Hier ruht Mädchen Esche, zum Tode durch Ertrinken verurteilt wegen Rettung eines betrunkenen nichtschwimmenden Models."

Die Redaktion

„Knallhartweichwobbelwoppwopp." Mit diesen unreifen Bemerkungen beschreibt der geistig behinderte Rocky Mastur seinen Bruder Dr. Mastur. Tatsächlich trifft aber nur der erste Teil dieser Charakteristik auf Dr. Mastur zu, das „knallhart". Das „weichwobbelwoppwopp" kannste vergessen. In der Rangliste der knallharten Redaktionsleiter nimmt Dr. Mastur unangefochten Platz Eins ein, vor Dr. Markwort und Dr. Falk. Dr. Mastur ist der härteste und knall! Dr. Mastur ist inzwischen 63, und zwar Stockwerke geklettert, denn die Redaktion ist seit gestern im 63. Stock eines Hochhauses untergebracht. Als er endlich die Redaktionsräume erreicht hatte, spuckte er Blut und Brühe vor Freude auf den knallharten Arbeitstag. „Da kommt er, der Piepmatz", flüsterten bibbernd die Redaktionsmitglieder. „Piepmatz", ein Spitzname, der zu Dr. Mastur so gar nicht passen wollte. Es war 9 Uhr, als Dr. Mastur sich mit dem Ärmel die Brühe aus dem Gesicht wischte und seine Mitarbeiter anbrüllte: „Redaktionssitzung, Blödmänner! Hat irgend jemand ‚Piepmatz' gesagt? Dann werde ich Hengst und Schnecken verbreiten!" „Sie meinen wohl Angst und Schrecken?" warf Molkentien von der Chronik kleinlaut ein, da war er auch schon tot. Erschossen vom knallharten Dr. Mastur, der sich verständlicherweise solche Frechheiten nicht bieten läßt. „Enqvist, ihr Artikel über Schiebetüren war Scheiße! Kommen Sie vor zur Zerquetschung!" Es war wie immer. Um 9 Uhr 5 waren zwei Redaktionsmitglieder tot. Kreidebleich und noch einmal dem Tod von der Schaufel gesprungen warteten sieben andere Journalisten auf die Befehle des knallharten Dr. Mastur.

Halt die Schnauze, Chinesenbein!

In der Zigarettenbar Durstbunker sitzen seit 18 Jahren ein Elmshorner Tennisspieler, ein Leimener Tennisspieler und eine Brühler Tennisspielerin. Die drei sitzen getrennt und doch irgendwie zusammen und beobachten seit 18 Jahren einen knabenhaften Fleischhauermeister aus Istrien, Ecke Muningworth/32te, der heftig gestikulierend auf Chinese macht. Wie man heftig gestikulierend auf Chinese macht, weiß keiner so recht in der Zigarettenbar Durstbunker. Die drei Elmshörner warten übertrieben zähneknirschend auf das, was sich seit 18 Jahren tagtäglich um 23 Uhr im Durstbunker abspielt, auf den Rabenvater und seinen isländischen Aasgeier, der auf Rabenvaters Schultern hockt und heftig gestikulierend auf Papagei macht. Und genau jetzt beginnt ein Gestikulierwettstreit, wie ihn der Durstbunker noch nie gesehen hat, vielmehr jeden Tag sieht! Bei näherem Hinsehen entpuppt sich der knabenhaft aussehende Fleischhauermeister aus Istrien als der Blödmann Klaus Wildbolz, der heftig gestikulierend auf Chinese macht, während der isländische Aasgeier auf Rabenvaters Schultern etwas schlechter heftig gestikulierend auf Papagei macht. Wieder hat der blöde Wildbolz alle mit seiner Chinesennummer in seinen Bann gezogen, was der Rabenvater pünktlich um 23 Uhr 30, heftigst akklamiert vom Tennisgesocks, mit den Worten quittiert: „Halt die Schnauze, Chinesenbein!" Erst dann kehrt wieder Durst ein in der Zigarettenbar Ruhebunker, irgendwo.

Götz nimmt's krumm

Nach einem Freilichtkonzert der deutschen Rockgruppe Pur im Stuttgarter Gottfried-Daimler-Stadion, anläßlich einer Mercedes-Gala des Ueberreuter-Verlages, zertraten die beiden in Deutschland zu Recht völlig unbekannten Entertainer Dirk Stermann und Christoph Grissemann Götz Georges gesundes Bein, was ihnen in der deutschen Presse nicht viele Sympathien einbrachte. Niedergeschlagen befummelten sie Paßbilder von sich selbst in der Haftanstalt Kummermonika, benannt nach der 1911 tödlich verunglückten Monika Kummer. Da saßen sie jetzt also im Gefängnis. Die BILD-Zeitung klagte sie an als „irre Komiker aus Wien", die Götz Georges gesundes Bein zertrümmert hatten. Ihre Karriere war so zertrümmert wie Götz Georges Bein. Der ORF weigerte sich, Kaution zu zahlen, und auch 3sat ignorierte sie schon seit Jahren. Der Jugendsender FM4 distanzierte sich augenblicklich von diesen, FM4-Zitat, „kranken Menschen". Aus der BILD-Zeitung erfuhren die bis auf die Beinzertrümmerung Götz Georges eigentlich sehr harmlosen und nichtssagenden Zweite-Klasse-Moderatoren, daß ihre Frauen sehr glücklich seien, diese, Zitat, „Knallchargen jetzt endlich verlassen zu können". Der Anstaltspsychologe Dr. Leander Pajees behandelte die Depressionen der beiden Entertainer mit Weltrekordeinläufen unter 9,80. Gefängnisalltag trat ein. Die Lektüre der täglichen BILD-Zeitung war der einzige Lichtblick. Bis auf die Serie von Herrn Schack, der fünf Jahre lang jeden Tag über die „Götz-George-Beinzertrümmerer aus Wien" einen miesen Artikel schrieb. Nur einmal in all der düsteren Zeit im Gefängnis bekamen sie Besuch, und zwar von Götz George, der, seine beiden zertrümmerten Beine in der Hand, weinerlich fragte: „Warum habt ihr das gemacht?" Ohne ihren Blick von der BILD-Zeitung zu wenden, traten sie den Darsteller raus. Der österreichische Gefängnisdirektor Gerhard Zimmer bot den beiden tätowierten Exhumoristen nach acht Jahren an, Führungen durch die Monika-Kummer-Anstalt zu machen. Und sie machten es nicht schlecht. Wegen guter Führung wurden sie entlassen! In Österreich bekamen sie eine neue Fernsehshow!

Jon Bon Jovis Tabaksbeutelgesäß

Der Hintern ist für einen Rockstar so wichtig wie der Ellenbogen in unserer Gesellschaft, die geprägt ist von Zwängen, Ängsten und Rhododendren, das ist die Mehrzahl von Rhododendron, nur damit dieses Wort auch mal im öffentlich-rechtlichen Radio fällt, nicht immer nur bei der privaten Konkurrenz. Zurück zu Jon Bon Jovi, oder vielleicht doch noch schnell zwei, drei Worte zu Rhododendren, am besten eine Eselsbrücke, um sich ein für allemal den Plural von Rhododendron ins Hirn zu brennen: „Einen Rhododendron hat Hermann van Veen schon; kauft er einen dazu, hat Hermann van Veen zwei Rhododendren." Meine Damen und Herren, Sie waren nun Ohrenzeugen einer kleinen Radiosensation. Noch nie zuvor fiel in einer Geschichte über Jon Bon Jovi sechsmal das Wort „Rhododendron" respektive „Rhododendren"! Jetzt achtmal! Zurück zu Jon Bon Jovi: Seit der Zweibeiner und amerikanische Sänger Jon Bon Jovi denken kann, leidet er unter einem Tabaksbeutelgesäß, also seit er 22 ist. Vielen Dank für Ihr Verständnis!

Kind sein in Ohio mit Ink Röhr

Brentsy und Fist Röhr, ein deutschstämmiges Frührentnerehepaar aus Ohio, trauten ihren Augen nicht, als Chefarzt John Stencel im City Hospital Ohio ihnen ihr Neugeborenes zeigte. Brentsy, die Frau von Fist und nunmehr auch Mutter von Ink, spricht noch heute vom schwärzesten Tag ihres ohnehin schon leidvollen Lebens. Brentsy war Prostituierte gewesen, hatte aber nie in ihrer Karriere auch nur einen einzigen Freier gehabt. Schließlich heiratete sie ihren damaligen Zuhälter und nebenberuflichen Blechschmied Fist. Das Blechschmiedgeschäft Röhr ging schnell pleite, als Fist nach fünf Jahren bemerkte, daß er noch kein einziges Blechmodeschmuckstück verkauft hatte. Also gingen beide, Fist und Brentsy, in die Frührente. Sie lebten in einer von Fist selbst gebauten Blechhütte am Rande Ohios und hatten keine Freude mehr am Leben. Alle waren sie tot, Wonk, Stenk, Steinitzer und Stepanek, die gemeinsam im Juli 1963 badeten, Mitte der 80er Jahre also, und dann fiel der Fön von Steinitzer ins Wasser. Und zu allem Überfluß jetzt also auch noch ihr Sohn Ink. Ink war und ist das mit Abstand häßlichste Kind Ohios. Beide Brillengläser Inks sind seit Geburt mit Hansaplast verklebt, so daß Gott sei Dank Ink sich nicht im Spiegel sehen kann. Das aber ist auch schon das einzig Positive im Leben der Röhrs.

Hinter der Kühlschranktür

Ein eisiger Wind blies ihm entgegen, als er die Kühlschranktür öffnete. Was ist das für eine kalte, fremde Welt, die sich hinter der Kühlschranktür von Miele verbirgt? Da sitzt der Käse, dort hockt die Wurst, hinten stehen beisammen die Butter und die Wurst. Einträchtig beisammen liegen im Eierfach Eier und Wurst, und dort, dort wo normalerweise die Milch kniet, schläft die Wurst. Er kroch hinein und schlug zum ersten Mal in seinem Leben die Kühlschranktür von innen zu. Endlich lernte er sie alle näher kennen, die Eier, die Milch, die Butter und die Wurst. Leider mußte er nach drei Tagen hinaus, weil es an der Tür läutete. Es war ein Herr vom Architekturbüro Plärrwurst, der kein Anliegen hatte. „Was wollen Sie?" fragte er. „Nichts", antwortete der Herr vom Architekturbüro Plärrwurst. „Ach so, verstehe." So standen sie 44 Minuten zwischen Tür und Angel, ohne ein Wort zu sagen, und ihre Augen irrlichterten umher, ohne ein Gegenüber zu finden. „Moment mal", sagte dann der Herr aus dem Architekturbüro Plärrwurst. „Ich glaub', ich hab' mich in der Tür geirrt. Nichts wollte ich ja eigentlich von Ihrem Nachbarn, nicht von Ihnen." „Ach so, na dann, nichts für ungut", sagte er erleichtert und schlug die Tür von außen zu, wie er es jahrelang von seinem Miele-Kühlschrank gewohnt war. Da stand er jetzt also draußen im Stiegenhaus, und neben ihm schwieg der Herr vom Architekturbüro Plärrwurst seinen Nachbarn an, eine entsetzlich beklemmende Situation im dritten Stock seines Wohnhauses. Aus dem Gangklo drangen merkwürdige Kratz-, Scharr- und Schabgeräusche. Der Herr vom Architekturbüro Plärrwurst, sein Nachbar und er selbst ängstigten sich sehr. Die Angst war begründet. Zu dritt machten sie sich auf, die geheimnisvollen Geräusche aus dem Gangklo zu erforschen. „Und?" fragten er und der Nachbar den Herrn vom Architekturbüro Plärrwurst, der in das Gangklo spähte. „Was scharrt, schabt und kratzt denn da so geheimnisvoll am Gangklo?" „Nichts." „Gar nichts?" „Doch, doch, natürlich, eine klitzekleine klitzekleine große klitzekleine Maus schaut aus der Gangkloklomuschel heraus." Fasziniert beobachteten die drei Herren die Unternehmungen der kleinen Maus. War die klitzegroße Maus doch glatt durch die Kanalrohre ins Gangklo gegangen! Das Kratzen, Scharren und Schaben wurde aber immer lauter. Da kam noch was anderes aus dem Klo heraus! Entsetzt erspähten die drei Herren eine Ratte, die aus der Toilette kam, und einen Dackelhund und ein Maultier, eine Eule, noch eine Eule, und da kam auch der Chef vom Architekturbüro Plärrwurst heraus aus dem Klo, der alte Plärrwurst selbst. „Morgen", murmelte Plärrwurst. „Morgen", „Morgen", „Morgen", antworteten die drei Herren. „Irgendwas Besonderes?" fragte Plärrwurst seinen Assistenten, während er sich von Kot, Urin und Eulenfedern befreite. „Nein, nein", antwortete der Herr vom Architekturbüro Plärrwurst. Dann gingen alle wieder an ihre Arbeit. Ein seltsamer Morgen, über den alle Beteiligten noch lange grübeln mußten.

How to act in a Badewanne

Es sind ganz aufgeräumte und ausgewaschene Typen, unsere Herren Verhaltensforscher, Irenäus Eibl-Eibesfeldt, Konradi Lorenz und der Antal Festetics. Immer wissen: Wie verhalten? Cool. Gehen bei Grün, schlafen, wenn Nacht, und klettern, wenn Berg. Immer richtig verhalten. Nicht unsouverän, meine Herren! Aber was war da los 1973 in der schäbigen Sitzbadewanne von Eibl-Eibesfeldt? Da wußte keiner von euch dreien weiter! „Kommt da Wasser rein oder Salat?" fragtest du, Irenäus, deine nackten Verhaltensforscherkumpels. Und die anderen beiden wußten keine Antwort. Aber Hauptsach', schamesrote Forscherköpfe! Mein lieber Scholli!

Hildes Hände

Sie war sehr schlecht im Kopfrechnen, aber auch mit den Fingern zu zählen, da hatte sie so ihre Probleme. Bis fünf war nicht schwer, aber dann? Tja, seit sie ihre rechte Hand bei einem Sasha-Konzert verloren hatte, da waren alle Zahlenkombinationen über fünf für sie praktisch ein Ding der Unmöglichkeit. Ihre Wut auf Sasha war verständlich. „Dieses Arschloch!" dachte sie oft. Hätte Sasha damals nicht versucht, sie an der Hand auf die Bühne zu ziehen, sähe ihr Leben heute vielleicht anders aus, sie könnte eventuell symmetrisch töpfern und nicht nur so krumme Vasen einhändig, sie würde nicht so viele rechte Handschuhe unnötig im Schrank liegen haben! Ohne Sasha könnte sie sich endlich mal wieder die Hände reiben, aber so?

Hilde war ein unglückliches Mädchen. Ihre Schlagzeugausbildung hatte sie abbrechen müssen, so ganz ohne rechte Hand, da wollte sie keine Band haben. Beim Schwimmen wurde sie fast immer nur mehr disqualifiziert, da konnte sie schwimmen, so schnell sie wollte. „Mit beiden Händen anschlagen!" brüllte es von der entnervten Betreuerbank. Leichter gesagt als getan! Sasha hatte ihr Leben zerstört. Und wenn sie ihn im Fernsehen bei Bravo-TV sah, dann rief sie: „Na, bravo! Und wieder kann ich nicht mit beiden Fäusten auf den Bildschirm schlagen!"

Hildes Freundin Hilde, der bei einem Rock-'n'-Roll-Akrobatik-Auftritt von ihrem Partner ein Bein ausgerissen worden war, Hilde war die einzige, die Hilde wirklich verstehen konnte. Sie verstand die Rachegefühle ihrer Freundin. Zum Geburtstag schenkte sie ihr eine Eintrittskarte für ein Sasha-Konzert, hier sollte es zur großen Abrechnung kommen! Hilde kam rechtzeitig, um ganz vorne stehen zu können. Sasha betrat die Bühne. Er begann zu singen und wie immer Ausschau zu halten nach einem Mädchen, das er auf die Bühne ziehen konnte, sein Blick fiel auf Hilde. Er trat an den Bühnenrand, zog an ihrer Hand, die Hand riß ab, und Hilde konnte nur noch sehen, wie Sasha ihre Hand auf den Berg von Teddybären und anderen Händen warf. Tja, ab diesem Zeitpunkt war Hilde ein Teenager, der echt Scheiße drauf war.

Horst Franks letzte Rollschuhfahrt

Horst Frank arbeitete als Tunte am Praterstrich. Man nannte Horst dort „die Tintentunte", denn er war immer so blau im Gesicht. Horst wurde von jedem verprügelt, der größer war als 1,52. Diejenigen, die kleiner waren als 1,52, verprügelten Horst aber auch. Horst hatte deswegen manchmal das Gefühl, er sei der Prügelknabe der Nation. Horst liebte seinen Beruf und nahm die Prügel in Kauf. Horst nahm Tabletten gegen die Prügel, es waren so Lutschtabletten, die nichts halfen, aber Horst schwor drauf. Eigentlich war Horst der Sohn einflußloser Eltern. Sein Vater war gelernter Kaninchenmasseur und seine Mutter katholische Arbeitsbrause, zwei Berufe, die völlig zu Recht in Vergessenheit geraten sind. Schon als Kind litt Horst unter Bettnässe, aber nicht seiner, sondern der seiner Mutter, die über ihm im Stockbett schlief. Kurz nach seiner Geburt hörte Horst Stimmen, es waren die seiner Eltern, trotzdem wurde er eingeliefert. Es war die schönste Zeit seines Lebens. Nach 30 Jahren wurde Horst mit 31 Jahren entlassen. Er war sehr groß und trug Schuheinlagen, die ihn kleiner machten. Am Praterstrich feierte Horst mit 38 Jahren Hochzeit, allein, ohne Gäste und Braut und so 'n Scheiß. Horst bot seinen Körper fremden Frauen an, die als Männer verkleidet waren. Sexualität war etwas, zu dem Horst „Nein!" schrie, weil er ein diskreter und eleganter Bursche war. Rollschuhfahren, ja Rollschuhfahren, das entsprach Horstens Elegance! Und so schnallte sich der 52jährige diese Rollen an, diese Rollen an die Füße und fuhr in ein anderes Leben, ein Leben, das es mit Horst, so hoffen wir, etwas besser meint.

Kopfarzt Dr. Brasiliana

„Ich", sagt Kopfarzt Brasiliana immer, „bin Kopfarzt Brasiliana immer", Kopfarzt Dr. Brasiliana, dieser brünette 82jährige Psychiater aus Ohio, wo er im Grandhotel Excelsior lebt und auch heute noch ordiniert. Der Mann ist eigentlich geistlicher Ballettänzer, ein Beruf, der heute praktisch ausgestorben ist, leider! Brasiliana wäre auch heute noch Ballettänzer, wäre ihm nicht im August 1917 ein Wunder widerfahren. Nach einer durchzechten Nacht mit dem schwedischen Einwanderer Ingmar Stenmark in der Bar Ombudsmann war er auf einmal Kopfarzt, mit weißem Mantel und so Sachen! Er verlor seine Identität, über Nacht, wie ein Handtuch seinen Preis, wenn es alt geworden ist. Eine Nacht lang weinte er wie ein Kolibri, also gar nicht, Vögel können ja nicht weinen. Es war ihm vielmehr scheißegal, daß er jetzt halt Kopfarzt war. „Arzt! Mein Gott, das ist doch das mit Kranken!" schoß es Brasiliana durch den Kopf. „Nicht mit mir! In meine Praxis kommen nur Gesunde rein!" Und so hält es der alte Kopfarzt Dr. Brasiliana heute noch, der einzige Doc der Welt, der alle behandelt, nur nicht Kranke.

Kleider machen Leute

Nämlich Schneider, Näherinnen, Modedesignerinnen, diese Leute machen Kleider. Das sind die Kleiderleute, die die Kleider machen. Aber soll man das als aufgeklärter, kurz vor dem Millennium stehender Europäer einfach so hinnehmen? Sollte sich nicht jeder sein eigenes Kleid machen können, so wie das eigene Süppchen? Na ja. Fernando Melingini und Manuel Orantes besaßen ein kleines Binnenhafenrestaurant in Duisburg. Ihre Spezialitäten waren Torte und Tortellinitorte. Das Restaurant hieß Torte, die angeschlossene Bar hieß Tortellinitorte. In der Tortellinitorte saßen nach Dienstschluß Fernando und Manuel in ihren Kochkitteln und schlürften erschöpft Tortensuppe, Schwarzwälderkirschtortensuppe Fernando, und Manuel aß Haselnußcremetortensuppe mit Buchstabennudeln. Sie verwerteten einfach die Reste vom Vortag, denn gestern hatte es Buchstabensuppentorte und Leberknödelsuppentorte gegeben. Sie hatten wie immer ein schlechtes Gewissen, wenn sie Suppen aßen. Hatten die Suppen denn nicht auch ein Recht auf Leben? Man muß sich das vorstellen, wie grausam! Skrupellose Jäger erlegen Suppen im Wald, dann werden die Suppen geschlachtet und landen auf einem Teller. Und wie schlecht steht es um die Suppen, die zusammengepfercht in Suppenfarmen ihr trauriges Dasein fristen müssen, in engen Käfigen?

Schrecklich. Vor allem Hühnersuppen haben Schreckliches zu erleiden. Fernando und Manuel haben einmal eine kleine Ochsenschwanzsuppe vor der Schlachtung retten können. Heute lebt die mittlerweile ausgewachsene Ochsenschwanzsuppe artgerecht im Garten ihres Duisburger Reihenhauses, sie hat letzten August fünf kleine, süße Tellerchen geworfen. Als sie also so dasaßen und traurig Tortensuppe aßen, betrat Hans-Dietrich Navratilowa die Bar, einer der besten Modedesigner Duisburgs. Er hatte 1914 den Camembert-BH und die lange Harzer Käseunterhose entworfen, Dessous für Käsefreunde. Hans-Dietrich Navratilowa kam nicht zufällig, nein, er hatte ein Anliegen. Er wollte, daß Manuel und Fernando für ihn Rindsuppen züchteten, und zwar glückliche und freilaufende Rindsuppen. Aus deren Fell wollte er, der berühmte Modemacher, Rindsuppentangas für Raver machen. Die Kollektion hieß „sexy Supersuppe für die sexy Superpuppe". Die einzigen Arschnasen allerdings, die tatsächlich Rindersuppenslips kauften, waren die Mitglieder der von vorn bis hinten vollvertrottelten Snowboardgemeinde.

Landarzt Inge

Der gutaussehende 69jährige Chefarzt Dr. Landarzt Inge leitet das Dialysekrankenhaus in Sachsen-Anhalt. Die tägliche Blutwäsche von Chefarzt Dr. Landarzt Inge beschreibt sein Lieblingspatient Norbert Nigbur als, Zitat, „prima, richtig prima". Chefarzt Dr. Landarzt Inge versteht es, die Blutwäsche zu einem solch angenehmen Erlebnis zu machen, daß viele Sachsen-Anhalterinnen zur Blutwäsche kommen, obwohl sie kerngesund sind! Warum in der Dialyseabteilung von Chefarzt Dr. Landarzt Inge immer so dufte Stimmung herrscht, ist leicht erklärt. Inge unterhält die Patienten während der Blutwäsche mit interessanten Rechenaufgaben. Rechnen und Blutwaschen ist das einzige, was Dr. Inge und seine Patienten überhaupt noch interessiert. Nur der mittlerweile bein- und armamputierte blinde Exbeatle George Harrison kommt nicht auf seine Rechnung ...

Kurze Hosen 1904

In Ohio wuchs die Birne, und mit jeder Ernte die Hochachtung vor Hot Di Braeme, dem knorrigen Erfindermann. Pünktlich zum Wiener Kongreß gebar die alte Braeme erst einen Kater und dann den Erfindermann. Den Kater nannte sie „Volker Lechtenbrink" und steckte ihn hastig in eine Schlager- und Schauspielschüssel und verlor ihn, so schnell es ging, aus den Augen. Den Erfindermann aber herzte und küßte die alte Braeme, was das Mutterzeug hielt, und nannte ihn liebevoll „Hot Di". Hot Di sollte wie sein verstorbener Vater Kellermann werden, so wie alle im Dorf der Braemes damals Kellermänner waren, ein ehrbarer Beruf, der heute in Vergessenheit geraten ist. Hot Di Braeme im Zitat: „No. Kellermann ist nichts für mich. Ich möchte, daß es zwackt, zwickt und zieht im Schritt, wenn ich die Birne ernte, und damit basta!" Mit 67 Jahren ging Hot Dis Traum in Erfüllung, etwas in der Leibesmitte zu tragen, was zwackt, zwickt und zieht, wenn er die Birne erntet. Um es kurz zu machen: 1904 erfand Hot Di Braeme die heute vor allem bei Katzen beliebten „Hot's Pants". Wenn Großvater Hot Di Braeme heute mit 180 Lenzen die Birne erntet, dann trägt er mit Stolz und Ehrfurcht seinen (!) silbernen Hot's Pants, die zwackt, zwickt und zieht, wenn er die Birne erntet. Ein Spruchband, gleichzeitig Werbespruchband, ziert des Erfindermanns Hot Di Braeme Hot's-Pants-Erfindergeschäftsladenbürogebäude. Um es verständlicher zu sagen: Reklame macht den Meister. Und Hot Dis Reklameslogan lautet: „Hot's Pants für 10 Pence, damit es zwackt, zwickt und zieht im Schritt, wenn Sie die Birne ernten!" Vor 9 Jahren wurde Großvater Braeme Großvater. Es wurde ein

Engel, ich verbessere mich: ein Enkel; ein Enkelmann, der es heute bei den CBS-News bis zum Enkelmann gebracht hat, und das mit 7! Der Bub ist auf Wunsch seines Vaters nach seinem Opa benannt ...

„Was machst du hier, hau ab!!!" (Grissemann, schreit) „Ist das dein Büro? Is ja riesich ..." (Stermann, schleimig) „Hau ab hier!! Komm nie hierher und besuch mich!! GEH WEG!!!" „Und hier bist du ... Enkermann?" „Hau ab!!" „Toll, wir sind alle so stolz auf dich, du bist doch noch so klein und schon so erfolgreich." „HAU AB, VATER!!!" „Was ist denn?" „HÄNDE WEG VON MEINEM SCHREIBTISCH!!!!" „Ich will ja nur mal angreifen. Toll, alles deins. Aus dir ist wirklich was geworden." „HAU AB!" „Warum bist 'n so?" „WEIL DU MICH NACH DEINEM VATER BENANNT HAST!" „Nach deinem Vater, na und, er war ein toller Mann!" „DU SCHWEIN, ICH HEISS JETZT OPA!!!"

Miroslav Mečiar

Miroslav Mečiar. Er wurde geboren auf einer einsamen Insel, die noch nie ein Mensch zuvor betreten hatte. Ohne Eltern, ohne Ärzte, ohne Kreißsaal, ohne Abtrennen der Nabelschnur, denn wovon hätte man ihn auch abtrennen sollen. Auf der Insel war es unfaßbar langweilig, so ganz ohne Flipperautomaten, Sitzkissen, Frauen und Bier. Es gab nur so ödes Wasser, Pflanzen und Tiere, alles das, was einem die Natur so unendlich vermiesen kann. Mit 18 verließ er sein Elternhaus, aber weil er ja keine Eltern hatte, war das wenig spektakulär, und niemand nahm auf der Insel davon Notiz, weil ja niemand da war, der Notiz hätte nehmen können. Miroslav war mit 18 ein Rebell, aber gegen wen hätte er rebellieren können? Oft sagte er: Scheiß aufs Establishment. Er prägte damals den Spruch „Wer einmal mit derselben pennt, gehört schon zum Establishment". Er wollte Steine werfen gegen das System, aber es gab weder ein Schaufenster als Ziel noch ein System. Er ließ sich die Haare lang wachsen, um zu provozieren. Aber wen konnte man da schon mit langen Haaren provozieren? Kakadus? Seeigel? Palmen? Für einen Revolutionär war die Insel ein beschissener Ort. Um seinen Protest gegen alles das zu untermauern, kettete er sich an einen Baum und trat in einen Hungerstreik. Nach 5 Tagen war er verhungert. Die Insel tat so, als wäre nichts gewesen.

Logik

Der Mann mit dem rosigen Gesicht und den schneeweißen Haaren sieht aus wie ein Mann mit rosigem Gesicht und schneeweißen Haaren. „Immer noch besser als ein schneeweißes Gesicht und rosige Haare", denkt sich der Mann mit dem rosigen Gesicht und den schneeweißen Haaren. Er pfeift sich eins, bleibt kurz stehen, trinkt acht Tequilas, fällt kurz um, wird immer stiller.

Da liegt er jetzt, mit rosigem Gesicht und schneeweißen Haaren. Halt! Wir wollen Näheres von ihm erfahren. Was wir bisher wissen: Er hat ein rosiges Gesicht, schneeweiße Haare, acht Tequila getrunken und liegt am Boden. Und das reicht bereits, um sich eine eindeutige Meinung zu bilden: Dieser Mann ist zwischen 15 und 26, Schwarzafrikaner und wahrscheinlich eine Frau. Meine Damen und Herren, nichts geht über Logik und gesunden Menschenverstand, man muß nur Eins und Eins zusammenzählen können! Gezeichnet: Konrad Tönz und seine Bullen von Tölz.

Lotti

..., Lotti, ein Telefon mit einem menschlichen Gesicht, das Tulpe eigenhändig aufgemalt hatte. Sozial vereinsamt und psychosexuell geschädigt, war Lotti die einzige Bezugsperson für Tulpe, obwohl, kann man sagen „Person", wenn es sich um ein Telefon handelt mit einem aufgemalten Gesicht? „However", sagte er zu sich, „hau immer!"

So schlug er Lotti halb kaputt. Da läutete es plötzlich an der Tür. Er hörte auf mit dem fröhlichen Hauen und öffnete. Eine Frau vom Team „Zeugen Jehovas" stand da und schwafelte in einem fort was von Paradies und bald und wenn nicht und so. Als sie fertig war, sagte Tulpe mit der Güte und der Souveränität eines wahnsinnigen Amokläufers: „RED KEINE GIRLANDEN, BABY!!!" Er schlug die Zeugin zu und anschließend die Tür zusammen. So vergnügt wandte er sich pfeifend an Lotti, und dann hatten die beiden zum ersten Mal in ihrem Leben heftigen Telefonsex, zum Ortstarif!

Mickey de Dou

Es regnete schon seit vier Minuten, und der Handstandperformer Mickey de Dou ärgerte sich darüber, wieder keine Gummihandschuhe zu tragen. Er trainierte für eine kleine Handstandperformance, die er vor einer Handvoll Haftentlassener im Bewährungshilfezentrum darbieten sollte. Mit seiner Kunst auf Händen wollte er symbolisch den Knackis zeigen, daß man sich ruhig die Hände schmutzig machen kann für ehrliches Geld. Ja, Mickey war ein Idealist, Mickey de Dou. Schon als Dreijähriger trat er der Bewegung AFSF bei, der „Antifaschistischen Schornsteinfegerei". Mit sieben gründete Mickey die Aktion IFSUGGFBAA, „Ikebana, Feng Shui und Glasblasen gegen Frauenbenachteiligung am Arbeitsplatz", und im Alter von neunzehn die Plattform „Pu-Erh-Tee und Eigenurin statt Alkohol und Nikotin". Tja, Mickey de Dou ist eine Legende, „a legend", wie der indonesische Handstandguru Puma Lalobalala Ngamirudin einmal sagte. Dieses Lob aus dem Mund von Puma Lalobalala Ngamirudin gab Mickey die Kraft, weiterzugehen auf den Händen. Mittlerweile kann de Dou besser auf den Händen gehen als mit den Füßen! Wenn er Kampfgenossen von früher trifft, von der AFSF oder der IFSUGGFBAA, dann schütteln sie ihm den Fuß zur Begrüßung. Kaum jemand würde vermuten, daß Mickey de Dou ein eigentlich sehr bürgerliches Leben führt. Er spielt Golf, wobei er den Golfschläger zwischen die Zehen klemmt; er spielt Handball, Mickey selbst nennt es allerdings „Fußball" – zu Recht –, und Mickey führt eine glückliche Partnerschaft mit der Fußpilzaktionistin Zaza von Vorn, einer adeligen Ex-Ausdruckstänzerin für makrobiologische Ernährungstheorien. Zazas Hund, den sie „Hund" nannten, weil sie gegen die Benennung von Hunden ohne deren vorherige Einwilligung waren, Hund war Maskottchen der Initiative „Bäume beschneiden nur aus religiösen Gründen e. V.". Im Sommer aber, im Sommer fahren Mickey und Zaza und Hund nach Majorka, um sich dort die Birnen vollaufen zu lassen, in Ballermann 6. Alles klar. Gut. Bittedanke. Setzen. Fünf.

Obstgarten

Da ist er jetzt, der Scheißobstgarten. Erst pflanzt man ihn, dann ist er da, aber leider hat man da schon jedes Interesse an ihm verloren. Kirschbäume, Apfelbäume – das ist doch alles nichts, was soll der Scheißdreck, dachte sich der 43jährige hochaufgeschossene Theaterliliputaner und Hobbybasketballer Hendrik Dreekmann. Auf der Bühne immer nur Zwerge oder Kleinkinder spielen oder bestenfalls menschliche Kanonenkugeln und jetzt auch noch dieser verfickte Scheißobstgarten – das setzt doch der Krone das Faß auf den heißen Stein. Am meisten haßte er den Birnbaum, den er nur Drecksau nannte, den Himbeerstrauch scholt er Hurensohn, die Bananenstaude Pißnelke und den Marillenbaum Wichser. Hendrik Dreekmann war ordentlich geladen, als er da so saß inmitten seines Obstgartens, zwischen, wie er fand, all den Drecksäuen, Hurensöhnen, Pißnelken und Wichsern. Also ging er runter in die Stadt, der 1.20 große Kleingärtner, und erschlug den Kellner, der ihm auf die Frage „Was empfehlen Sie als Nachspeise?" Obstsalat antwortete. Es gibt so Tage, da ist man irgendwie nicht so gut drauf.

Im Keller

Als bei ihm zu Hause einmal alle Kerzen ausfielen, da war er froh, daß er noch ein bißchen elektrischen Strom vorrätig hatte. Er tappte im Dunkeln in den Keller, und tatsächlich: zwischen Konservendosen, Spinnweben und Marmeladegläsern fand er einen Lichtschalter. Er drückte ihn, ging nach oben und frühstückte weiter. „Immer wieder samstags kommt die Erinnerung", sang er fröhlich vor sich hin und erinnerte sich daran, daß er seit genau einer Woche Witwer, arbeitslos, hoch verschuldet und todkrank war. „Tja, ein Unglück kommt eben selten allein", schmunzelte er, als er bemerkte, daß aus dem Keller dichter Qualm emporstieg und sein halb verbrannter Kater hustend verendete. Als er dann auch noch Schluckauf bekam, sagte er: „Jetzt ist alles aus." Viele andere wären in diesem Moment zerbrochen, nicht so er! Er setzte sich an die glühendheiße, zischende Schreibmaschine und verfaßte einen langen Brief an Paul Watzlawick, in dem er einige Verbesserungsvorschläge für dessen Buch „Anleitung zum Unglücklichsein" machte. Während sein rechter Fuß Feuer fing, blätterte er noch ein bißchen in der Bibel, in der Apokalypse. Ob der Harmlosigkeit des Geschilderten mußte er erneut schmunzeln. Als die Wände barsten und sein Schnurrbart schmorte, da legte er eine Langspielplatte auf, Rudi Carells „Wann wird s mal wieder richtig Sommer?". Ein letztes mal sah er in den Spiegel und zwinkerte sich kokett zu. Hatte er von Mutter Natur einen Schuß zuviel Eitelkeit mitbekommen? fragte er sich, als das Haus explodierte und ihn in Stücke riß. Tja Junge: Pack die Badehose ein, das wird ein lange Reise!

Scheck und Scharlie inner Stadt

Scheck und Scharlie, zwei hünenhafte asiatische Cousins, beide Mitte 30, aber Scharlie schon an die 50 (er ist der Jüngere der beiden), Scheck und Scharlie sind Ohios erfolgreichste Imker. Gelang ihnen doch 1954 die schicke Zucht der Pferdebiene, eine aufsehenerregende Kreuzung zwischen Araberhengst und gemeiner Biene. Die Pferdebiene oder, wie es der Angelsachse umständlich wie immer formuliert, „the horsebee". Den Prototypen nannten sie Bruce, Bruce Horsebee; heute singt er Liebeslieder. Die Imkerarbeit von Scheck und Scharlie ist, wie in einer Imkerei zu arbeiten. Entspannung finden die beiden Provinzimker bei Onkel Geier, der in der Stadt lebt und seit Jahren gegen ein kleines Entgelt den beiden Imkern Scheck und Scharlie mit einer Creme die Popos einreibt. Das macht den Imkern Freude, haben sie doch vom vielen Stehen einen ständig geröteten Po. „Am schönsten ist es", sagt Scharlie immer, und Scheck nickt dazu, „in die Stadt zu fahren und mit eingecremten Popos nach einem Edith-Piaf-Konzert Kabinensex zu machen. Inne Stadt, Scharlie, inne Innenstadt fahren wir jetzt, und die Bienen kommen alle mit!" „Yo, Scheck, dann mal los!" sagt Scharlie. Und dann, dann geht's los.

„Bssssssssssssssssssssssssssssssssssssssssssss"

Total Recall mit Schoss und Fink

Die einarmigen Trafikanten Ohios hatten es gar nicht so schlecht. In Wahrheit hatten sie es ganz dufte, obwohl es natürlich relativ uncool war, lediglich einen Arm zu haben. Die gesamte einarmige Trafikantenszene Ohios traf sich im Februar 1944 an Bord eines Kreuzfahrtdampfers, um eine Randgruppenreise anzutreten. Es war nur blödes Herumschippern und einarmiges Geschwätz auf See. Nichts, aber auch gar nichts wäre erwähnenswert von dieser Scheiß-schiffsreise, wären da nicht Schoss und Fink gewesen, die beiden Trafikantenkönige, die überhaupt keinen Arm mehr hatten, aber trotzdem jeden Abend Skat spielten. Fragen Sie mich nicht, wie, ich weiß es doch auch nicht! Sowenig Schoss und Fink oberkörperextremitätenmäßig zu bieten hatten, so prima waren sie im Erinnern. Schoss und Fink, diese einmaligen nullarmigen Trafikantenkönige, haben die unfaßbare Fähigkeit, sich punktpräzise jede vergangene Situation ihres Lebens noch einmal vor Augen zu führen! Wegen dieser Fähigkeit sind Schoss und Fink sehr eingebildet, und einige andere Ohioer Trafikanten sagten „Arschlöcher" zu ihnen.

Wenn Sarah Kirche-Kirsche therapiert

Nein, es war keine gute Ehe. Das konnte man schon daran erkennen, daß Seisuke Ueshima von seiner Frau als „mein Angstgegner" sprach. Margot Ueshima wiederum nannte ihren Gatten schon in der Verliebtheitsphase „Erzfeind". Das konnte einfach nicht gutgehen. Bei gewöhnlichen Ehepaaren kommt der Streit oft erst nach Wochen, aber bei den Ueshimas herrschte von Anfang an Kriegszustand. Auch für Außenstehende sichtbar wurde ihr Haß aufeinander bei der entsetzlichen Trauung. Sie trug eine albanische Bauerntracht und er eine serbische Tschetnik-Uniform. Sie wurden von einem kriegsversehrten Militärpfarrer getraut, der auf Wunsch des Brautpaares aus den Ohren blutete und über das Bibelzitat „Auge um Auge, Zahn um Zahn" predigte. Dann tauschten sie die Schlagringe und schworen auf die Bibel, daß sie selbstverständlich nicht im Traum dran denken würden, in guten, geschweige denn in schlechten Zeiten zueinanderzuhalten. Die Flitterwochen verbrachten sie in Sibirien, nicht im Hotel, sondern am Boden liegend bei Minusgraden, immer auf den ersten Fehler des Gegners lauernd, um dann gnadenlos zuzuschlagen. In der ersten Nacht vergewaltigten sie sich gegenseitig. Sie bekamen Zwillinge, die sie zweisprachig erzogen. Das eine Kind lernte Hebräisch, das andere Arabisch. Sie nannten die beiden Kain und Abel. Es war keine glückliche Kindheit. Die Wohnung glich einem Hochsicherheitstrakt mit Schutzwällen, kleinen Bunkern, Stacheldraht und jeder Menge elektrischer Stühle. Die Räume waren ständig verdunkelt, und vorbeugend kauften sich die Eheleute riesige Mengen Arm- und Beinprothesen, Verbandskästen und Pinzetten, mit denen man sich selbst Kugeln aus dem zerschundenen Körper ziehen konnte.

Kain und Abel machten gute Minen zum bösen Spiel, vor allem ihre Tretminen waren ausgezeichnet im Badezimmer versteckt. Dutzende Putzfrauen wurden auf diese Weise in Stücke gerissen.

Als Margot draufkam, daß Seisuke nicht nur sie, sondern auch andere Frauen verprügelte, reichte sie plötzlich die Scheidung ein. Daraufhin wurde die Familientherapeutin Sarah Kirche-Kirsche eingeschaltet. Sarah Kirche-Kirsche schlug den Eheleuten vor, Gemeinsames zu erleben, denn hier sah die Expertin das größte Defizit der Ueshimas.

„Yo!" sagten Margot und Seisuke und erwürgten 4-händig die Familientherapeutin. Das erste Mal nach 20 Jahren Ehe, daß sie gemeinsam etwas unternommen hatten. Das schweißte sie zusammen, und bis heute leben sie glücklich und ohne gröbere gewalttätige Auseinandersetzungen in der Heimatstadt Mozarts: Salzburg Stadt.

Rupp, Prey, Rapp und Frey

Auf einer Parkbank irgendwo im Park sitzen sehr gedrängt, denn es handelt sich um eine Zweierparkbank, die Moderatorin Martina Rupp, der Sänger Hermann Prey, der Moderator Peter Rapp und die Moderatorin Nora Frey. Rupp, Prey, Rapp und Frey sitzen sehr gedrängt, aber so, als wäre nichts gewesen, auf einer Zweierparkbank irgendwo im Park. Rupp, Prey, Rapp und Frey sitzen da und tun so, als wäre nichts gewesen, irgendwo auf einer Parkbank im Park, Prey neben Rupp, Rapp neben Prey und Frey neben Rapp, Rupp, Prey, Rapp und Frey, und wünschen sich wen herbey? Toni Rey, den Zauberer, auf daß er sie endlich in Menschen verwandeln möge!

Schabrunsky, Eva und Wilhelm 2

„Zusammenhalten ist für euch jetzt das wichtigste in dieser Situation", sagte der Kinderarzt zu den siamesischen Drillingen Schabrunsky, Eva und Wilhelm 2, ein verwirrender Name für die meisten, weil es doch gar keinen Wilhelm 1 gab. Die drei waren Schwestern, und sie waren interessanterweise nicht von Geburt an siamesische Drillinge, sondern erst im Alter von sechs oder sieben wuchsen sie zusammen, eine ganz üble Laune der Natur. Schabrunsky, die Neunjährige, wachte eines Morgens auf und war plötzlich mit ihren Wangenknochen an Evas Kniekehlen festgewachsen. Zuerst war Schabrunsky noch überrascht, dann wurde sie kurz sauer, schließlich mußte sie aber doch lachen, als sie im Spiegel sah, wie ulkig das aussah! Wilhelm 2 wuchs dann drei Monate später mit der Hüfte an jeweils eine Ferse von Schabrunsky und Eva. Zwei Wochen später hatten sie zusammen nur mehr ein Ohr, dafür aber an jedem Handgelenk eine zusätzliche Leber und im Rachenraum den Dickdarm des jeweils anderen. In der Leistengegend wuchs Eva ein modischer kleiner Ziegenbart. An einem Montag im Mai des Jahres 1963 stellten die drei fest, daß es fast unmöglich geworden war, ein normales Mädchenleben zu führen, weil Schabrunsky mittlerweile an der Zimmerdecke festgewachsen war, Eva an das Peter-Kraus-Poster und Wilhelm 2 an den Zeugen Jehovas, der ihnen unvorsichtigerweise zu nahe gekommen war. Natürlich waren das Schicksalsschläge, aber die Mädchen dachten sich: „Was soll's, Hauptsache gesund!" Mit der Zeit wuchsen sie mit allem nur Erdenklichen zusammen, mit der Kommode, der Hauskatze, dem Nachbarpitbull und dem Käse im Kühlschrank. Es war ein richtiges siamesisches Disneyland! Oft sagten Schabrunsky, Eva und Wilhelm 2: „Na ja, an irgendwas muß es ja alles hängenbleiben!" Also dann, liebe Siam-Sisters: macht's gut, und tschüssikovsky!

Seine größten Erfolge

Als er da so 75jährig lag auf dieser jungen Frau, die viel zu jung war, um seine Urenkelin zu sein, und sie zu seinem langweiligen Genital murmelte: „Na, du alter Sack", da packte ihn die Wut auf seine jahrelange falsche Ernährung. Hatte er sich doch in den letzten 4 Jahrzehnten ausschließlich von Preßwurst ernährt. Auschließlich. Immer Preßwurst. Das hatte ihn müde gemacht. Zu sagen, er wäre impotent, das wäre eine maßlose Übertreibung seiner sexuellen Fähigkeiten gewesen. Er war so matt, daß seine Putzfrau in der Früh nicht nur die Betten aufschlagen mußte, sondern ihm auch seine Augen. Seine größten Erfolge im Leben sind schnell aufgezählt: Einmal hatte er aus Versehen eine Ameise zertreten, ein anderes Mal hatte er einen Teller Cornflakes ganz aufgegessen. Aus, das waren sie: Ameise zertreten und Teller Cornflakes aufgegessen. Meine Herren, war der Mann unzufrieden mit sich. Er schob alles auf die schlechte Ernährung. Klar, es ist so einfach, ein verhunztes Leben einfach auf ein ödes Stück Wurst zu schieben. Mensch, Junge, krempel die Ärmel hoch, mach noch was aus deinem Leben, es ist nie zu spät. Man ist so alt, wie man sich fühlt, du bist jung im Kopf, leb dein Leben!

Das alles schoß ihm durch den Kopf, als er da auf dieser kleinen Frau lag. Er öffnete den Mund und verschlang eine große Wurst. „Das wäre doch gelacht", sagte er auf die Frage des jungen Mädchens: „Willst du nicht auch wieder einmal lachen?"

So war er. Nicht mehr, aber eben auch kein Stückchen weniger.

Sein schönster Tag

Es war noch dunkel, als er erwachte. „Schön rund", dachte er, als er sich auf dem Bauch liegend mit der flachen Hand übers Gesäß fuhr. Komm, Welt, laß dich umarmen, welch ein Tag. Sich mit der Hand über den dicken Po zu fahren, ein unvergleichlich guter Start in den Tag.

Zu diesem Zeitpunkt konnte er noch nicht ahnen, daß er in genau 16 Minuten einen tragischen Tod erleiden würde.

„Jawoll", rief er nach dem ersten Bißen ins Jagdwurstbrot. Er tänzelte durch die Wohnung, gab dem Hund eine wohlmeinende Ohrfeige, trank das Glas Karottensaft in einem Zug leer, um nachher ein zufrieden kehliges „Ahhh" auszustoßen, nicht ahnend, daß er in genau 12 Minuten nicht mehr unter den Lebenden weilen würde.

Im Radio spielten sie sein Lieblingslied, während er sich ausmalte, wie es wäre, mit der frechen Verkäuferin vom Supermarkt zu küssen. Er gab dem Hund eine weitere gutgemeinte Ohrfeige und pfiff den Refrain seines Lieblingsliedes laut mit. „Das Leben ist ein Hit", fand er in diesem Moment, während er im Spiegel den Bizeps seines linken Oberarms bewunderte. Das Training zeigte Wirkung. Er beschloß, die Frau seines Abteilungsleiters anzumachen, nicht ahnend, daß er in 8 Minuten schon unter den Seligen weilen würde.

„Na gut", lachte er zum Hund und gab ihm eine kleine Ohrfeige. Er entschied sich für den grünen Benetton Pullover und die Buntfaltenhose von Daniel Hechter, oh, là, là, flüsterte er verführerisch, als er sich Sir Irish Moos auf die Wangen klopfte. Er fühlte sich wirklich großartig und gab dem Hund eine aufmunternde Ohrfeige, nicht wissend, daß in genau 2 Minuten 30 der Sensenmann ihn holen würde.

„In 3 Minuten", sagte die freundliche Dame der Taxizentrale. Er gelte sich sein Haar, schnürte sich die Schuhe zu und, wie um seine Morgenfreude zu teilen, gab er dem Hund die sechste Ohrfeige in 12 Minuten.

Der kluge Hund benötigte nur 20 Sekunden, um dieses Arschloch, das ihn, den Hund, jahrelang mit demütigenden

Ohrfeigen versehen hatte, in aller Ruhe totzubeißen. Als es an der Tür läutete, öffnete der fröhliche Hund und nahm das Taxi, um irgendwo anders noch einmal ganz neu zu beginnen.

Voodoo und Kakao

„Voodoo und Kakao" antwortete der Schauspieler Burt Lancaster stereotyp auf die Frage, was er dufte finde, „nicht!" Also eben nicht Voodoo und Kakao. Alles andere, bloß nicht Voodoo und Kakao, das sei eben undufte. Er, Lancaster, fände es so was von undufte, in Kinderpüppchen Stecknadeln zu stecken. Und was das andere betrifft, das Kakao, das sei ja wohl am unduftesten überhaupt, das Ovomaltine, Benco und Nesquik, das dufte ja ihn, den Schauspieler, überhaupt nicht an, das Voodoo und Kakao. Immer wieder friegen ihn, den Schauspieler, Brigittejournalistinnen, was er denn dufte fände, und er stereotyp: „Voodoo und Kakao nicht, eben nicht!" Eben nicht! Alles gerne, alles dufte, bloß nicht Voodoo und Kakao. Am 4. 3. 94 führte die Brigittejournalistin Esther in einem fahrenden Auto das letzte Interview mit Burt Lancaster ...

(Es folgt ein gespielter Witz auf der Basis von „Lenk, Esther!".)

The fresh vomit of a purulent Königspudeldame oder Das bestialische Stinken des Keanu Reeves

Die Flasche Keanu Reeves legt sich gern auf den Boden, scheinbar völlig ohne Grund. Oft verhöhnen ihn Schüler vom Hollywood-Gymnasium Beverly Hills Cop 43 98 47 mit den Melrose Blaisern, und sie halten sich beim Lachen nicht nur die Bäuche, sondern auch die nose zu. Der Grund, warum vor allem den Negerschulkindern die Crackpfeife vor Lachen aus dem Mund fällt beim Anblick der am Boden liegenden Keanu-Reeves-Flasche, ist der beißend scharfe Geruch des Jungmimen. Keanu Reeves stinkt seit seiner

Geburt wie das frisch Erbrochene einer eitrigen Königspudeldame, und das ist relativ katastrophal für einen Mädchenschwarm. Verzweifelt darüber, so zu riechen wie das frisch Erbrochene einer eitrigen Königspudeldame, legt sich die Flasche Keanu Reeves auf den Boden. Ja, so ist das. Betritt die Flasche Keanu Reeves eine Bar, so müssen sich alle die nose zuhalten, wer hätte das gedacht? Gedacht hatte es sich immer schon River Phoenix, der andere Blödmann, hatte sich aber nie getraut, was zu sagen, weil er ein höflicher Typ ist. Er ist einfach ein höflicher Typ, unser River! Als die beiden einmal im Aufzug steckenblieben und Mr. Phoenix eine geschlagene Stunde Reeves' Ausdünstungen ausgeliefert war, starb er leider. Ihr letztes Gespräch im Aufzug gehört wahrscheinlich zu den bewegendsten Gesprächen, die je zwei blöde Männer geführt haben.

Reaktion eines weiblichen Fans (Name d. Red. bekannt):
Der Text über die „Ausdünstungen" von Keanu Reeves ist nicht nur a) eine bodenlose Gemeinheit und b) der reine Neid, wenn ich mir die Trümmer-Gestalten angucke, die das verzapft haben. Statt hundsfiese und saublöde Texte über Schauspieler zu schreiben, würde ich an deren Stelle mal einen Schönheitschirugen konsultieren (mir aber wenig Hoffnung machen). Wie wär's in Zukunft mit dem schönen alten Motto vom „Dreck vor der eigenen Tür" und so .... *Ein Keanu-Fan*

Takato, Wung Yi, Yasaki und Haihito

Takato, Wung Yi, Yasaki und Haihito, vier Reismänner aus Asien, kleingewachsen, mandeläugig und gelbgesichtig, erleben jeden Tag den ganzen packenden Asien-Thrill! Reis ernten, Reis essen, Reis kochen, Reiswein, eben das ganze pulsierende Asien-Fieber! Reis pflanzen, Reis kaufen, kaum reisen, Naturreis, der ganze packende Asien-Thrill! Takato, Wung Yi, Yasaki und Haihito, da sitzen sie, Asienschulter an Asienschulter, gelb und klein, mit dem ganzen fernöstlichen Philosophie-Schabernack im Rücken, Tai Cui, Kung Fu, Bruce Lee und Ding Yi! Ding Yi? Knie. Knie blau, Knie blau vom Asien-Hocken, beim Essen hocken, beim Beten hocken, beim Hocken hocken, das ganze pulsierende Asien-Fieber eben! Takato, Wung Yi, Yasaki und Haihito, vier Sympathieträger aus der Asien-Hütte, Stäbchen, Shinto, Sushi, Reis! Lebende Fische, die ganze Eskimo-Scheiße! Anorak, ewiges Eis, Kajak, Robben und Reinhold Messner, der ganze asiatische Bergsteiger-Scheiß! Himalaya, Yeti, Ziegenbart und Bubblegum, die ganze verrohte Army-Scheiße! Karacho, George, Yasaki und Sullivan, Juhuujippijippijeyjey und Gelbfieber, die ganze große Welttragödie! Francesco, Luigi, Roberto, der Schachspieler Karpov, Indiana, Schusters Rappen, Rap und Wilder Kaiser, die ganze österreichische Bergsteiger-Scheiße! Bubendorfer, Freegeclimbe, Karabiner, Karajan und Moll-Concerto, die ganze gediegene Klassik-Scheiße! Klavier, Kanasta, Kaviar, Puppen, Pasta, Paradeiser, der ganze Obst-Mist eben! Quallen, Qualen, Wale, die ganze stinkende Fischsuppe! Afrika, Australien, Asien und Amerika, ihr vier Inkontinente, ach leckt uns doch am Arsch!

Zwei Frauen reden offensichtlich Blödsinn

„Frau Eberhard-Engelrehringer, kein Turban ohne Ablaufdatum und Kult der letzten Jahre ohne die Brigade simplen Rummels. Mirdaka somnambuler Suppenkaspar, ich bin empört und mache Bocksgesang!"

„Kaliber satisbak, Frau Neufeld-Kalupa, nicht mehr und nicht von bizarrer Diktatur! Der Bock als indigenes Volk der subalternen Gremien. Nicht ziehen und nicht kokett dahinvertrauen, wer sind wir denn, daß sie zelebrieren?"

„Ausgewanderte Kollegen, Frau Eberhard-Engeljehringer, sind Früchte hinduistischer Vibration. Easy-Listening, o Gott, schnell weiter, Bock und Hack zum Gruß!"

„Bunte Schweine küssen mich als Oberhaupt des Kräutersalzersatzes. Halleluja und goodbye!"

Wolf-Ulf Wulfrolf

Als er von seinem Arzt erfuhr, daß er nur noch 61 Jahre zu leben hat, da begann für den 34jährigen Gelegenheitsersatzaushilfshilfskellner Wolf-Ulf Wulfrolf auch kein neues Leben. Er war weiterhin der Gelegenheitsersatzaushilfshilfskellner Wolf-Ulf Wulfrolf, der erst zweimal in seinem kümmerlichen Leben überhaupt in die engere Wahl gekommen war, um in der miesesten Kaschemme der Stadt eventuell als Kellner einzuspringen, wenn alle anderen ausfielen. Er war so unfaßbar schlecht als Kellner, er konnte Essen und Trinken kaum auseinanderhalten, hatte einen furchtbaren Gehfehler, der es ihm unmöglich machte, sich zu bewegen, er war stocktaub, stumm wie Stockfisch, und pro Minute übergab er sich vier- fünfmal in die zu servierenden Teller, kurzum, er war einer der schlechtesten Gelegenheitsersatzaushilfshilfskellner der Welt. So einer kriegt keinen Job in der Gastronomie. Tja, meine Lieben, erst wenn alle Kellner der Welt tot sein werden, kommt der große Moment von Wolf-Ulf Wulfrolf. Da das aber nie und nimmer passieren wird, wird Wolf-Ulf Wulfrolf in 61 Jahren zu Grabe getragen werden, auf einem silbernen Tablett, unter einer Käseglocke. Und beim Leichenschmaus werden fünf arrogante, flinke, gedächtnisstarke und gutaussehende Arschlochkellner zu Werke sein und so noch dem toten Gelegenheitsersatzaushilfshilfskellner Wolf-Ulf Wulfrolf demonstrieren, daß in dieser perfekten Welt offensichtlich nur das Perfekte zählt! Und so bleibt für uns alle nur zu hoffen, die wir auf der Seite der Schwachen stehen, daß Wolf-Ulf Wulfrolf sich in diesem Moment noch einmal aus dem Himmelszelt beugt, um all den Affenkellnern tüchtig in die weißen Teller zu kotzen. Bittedanke.

Mistvieh und Mandarine

Immer wenn er das dunkelrote Brillenetui betrachtete, dachte er an den Tod. In so ein Brillenetui würde man ihn legen, wenn's aus wäre. Er war Brillenträger. Er trug die Brillen seines Chefs und die von dessen Familie. Er trug 8 Stunden am Tag 12 optische und 24 Sonnenbrillen im Arm. Er selbst sah gut, aber nicht aus. Volker Mama war Brillendiener. Sagen wir mal so: Sein Beruf bestand darin, ständig hinter der Familie des Chefs herzugehen und im richtigen Moment der richtigen Person die richtige Brille auf die Nase zu setzen. Das war nicht einfach, denn wenn Monica und Maskulin, die beiden Jüngsten, ein Buch zur Hand nahmen, mußte Volker blitzschnell den beiden Kleinen gleichzeitig die richtigen Brillen aufsetzen, ohne dabei den Rest der Familie aus den Augen zu verlieren. Chef Männchen, seine Frau Maultier, Oma Morsch, Opa Memme, Mistvieh, den Ältesten, die zurückgebliebene Mandarine und die Zwillingsbrüder Mensch und Maschine. Die Dioptrienanzahl schwankte zwischen 1,8 (Mistvieh) und 36 (Oma Morsch). Chef Männchen hatte 12,5 plus Hornhautverkrümmung, Maultier, seine Frau, 4 weitsichtig, 6,75 kurz und grauer Star, Opa Memme 32, Pupillenverkleinerung und beidseitigen grünen Star. Monica, Maskulin, Mensch, Maschine und die zurückgebliebene Mandarine hatten in etwa gleich starke Brillen zwischen 2 und 16 Dioptrien. Das mußte Volker alles wissen und bedenken, wenn er ihnen die Brillen aufsetzte. Alle Brillen hatten das gleiche Design und die gleiche Farbe, was erschwerend hinzukam. 4 Jahre lang hatte Volker den Job tadellos erledigt, und das bei durchschnittlich 800 Einsätzen pro Tag als Brillenträger. Am 4. Juli 87 passierte das Unglück. Maschine (14 Dioptrien) traute seinen Augen nicht, als er trotz Brille seinen Bruder Mensch nur verschwommen sah und gleich darauf seine zurückgebliebene Schwester Mandarine mit Maskulin verwechselte. Volker hatte einen riesengroßen Fehler gemacht. Er hatte Maschine versehentlich die Brille von Opa Memme aufgesetzt!

Die Familie beriet sich, was mit Volker Mama geschehen sollte. Oma Morsch (36 Dioptrien) setzte sich durch: "Mandarine soll ihn erschießen. Sie ist zurückgeblieben und somit nicht straffähig!" Die zurückgebliebene Mandarine (4 Dioptrien) setzte sich die Brille auf und schoß. Aber daneben – sie hatte aus Versehen die Brille von Maultier auf. Nach mehreren mißglückten Versuchen, immer die falsche Brille, meldete sich Volker zu Wort. "Mir wird das alles hier zu bunt, hier ist die richtige Bille!" Es war Volkers letzter ehrenvoller Dienst. Mandarine traf. Das Leben ging weiter, und Volker ruht heute, genau wie er es vorausgesagt hatte in einem großen dunkelroten Brillenetui unter der Erde. Auf dem Grabstein steht: "Volker Mama, du könntest noch leben, hättste Maschine die richtige Brille gegeben. Deine zurückgebliebene Mandarine und Mistvieh"

Der Pianist

Daß er kein Klavier spielen konnte, war für seine Pianistenlaufbahn nicht wirklich förderlich. Als er wieder einmal vorspielen sollte im Wiener Konzerthaus, saß er einfach nur da, traurig vor einem Bösendorfer-Flügel, ohne eine Taste zu berühren. Nach 25 Minuten stand er wortlos auf und verließ grußlos das Gebäude. Am Nachmittag rief er an, um sich zu erkundigen, ob er es geschafft hatte oder nicht. Er hatte es nicht geschafft. Verzweiflung stieg in ihm hoch.

RTL-EXPLOSIV – Radiostar quält Bruder!

Hamburger Penner Opfer jahrelanger Gewalt!
Täter: ORF-Starkomiker

So die Aufmacher von BILD-Zeitung und Hamburger Morgenpost am Samstag. Die Aufregung um die Bekenntnisse von Hasso Stermann (46), einem verwahrlosten Penner aus Hamburg-Altona, haben für viel Zündstoff innerhalb der Medienbranche gesorgt. Die erschütternden Details: Der 43jährige Exildeutsche Dirk Stermann hat es in Österreich geschafft und ist nicht mehr wegzudenken aus den Societyspalten der Alpenrepublik.

Der gemütlich wirkende, dicke Radiokomiker des ORF moderiert seit einigen Jahren eine Radioshow zusammen mit seinem österreichischen Partner, dem 47jährigen Christoph Grissemann. Beide sind schillernde Figuren des österreichischen Gesellschaftslebens. Hier sieht man sie beim Wiener Opernball im Gespräch mit Sophia Loren.

Alles Fassade! Aus den beiden Spaßvögeln ist ein Fall für die Kriminalpolizei geworden. Denn das, was der Bruder Hasso Stermann von den beiden zu berichten weiß, paßt so gar nicht zu dem Bild, das sich die österreichische Öffentlichkeit von Stermann und Grissemann gemacht hat.

Hasso Stermann: „Mein Bruder, die Originale, sagt immer: ‚Hasso, du bist der Trottel der Nation!', und dann haut er mir eine rein, mitten in die Fresse. Dann fall' ich um und bin halbtot, aber dann geht's erst so richtig los, dann kommt dieser Grissemann, das miese Schwein, und haut mir mi'm Vorschlaghammer die Knabberleiste auf!"

Hasso lebt seit 16 Jahren in diesem Männerheim in der Hamburger Vogelstraße. Einst borgte er seinem Bruder Dirk sein letztes Geld, damit der in Wien die große Karriere machen konnte. Das einzige, was ihm Stermann und sein grausamer Assistent zurückgeben, sind Schläge und Demütigungen, auch seelischer Natur.

Hasso Stermann: „Er ist ja jetzt wohl erfolgreich und hat sogar eine eigene Sendung im Österreichischen, zusammen mit diesem Grissemann, dem brutalen Schwein. Mein Bruder, die Originale, hat mir ein Photo geschickt von seiner Villa. Ist ja riesengroß, 30, 40 Zimmer! Ich freu' mich für ihn. Ja, und ich? Ich teil' mir mein Zimmer im Männerheim mit vier anderen! Ich hab' ja praktisch nur ein Bett! Mein Bruder, die Originale, sagt immer: ‚Bei mir ist immer Geld im Bett, und bei Hasso ist immer Gelb im Bett!', weil ich ein Bettnässer bin."

Sein Bruder, das Original. Immer wieder spricht Hasso stolz von seinem Bruder, dem Original. In ihrer Hietzinger Nobelvilla nehmen Stermann und Grissemann nun zum ersten Mal exklusiv Stellung zu den Vorwürfen. Die beiden Starkomiker tragen Versace-Anzüge und Gaultier-Krawatten, Extraanfertigung! Als unser Team im Prunksaal Platz nimmt, ist die eisige Kälte spürbar, die von den beiden ausgeht. Stermann versucht, die Greueltaten zu verharmlosen, und macht – welcher Zynismus – auch noch in dieser Situation einen Scherz!

Dirk Stermann: „Na ja, also zu meinem Bruder fällt mir nur ein: Das Schweigen der Lämmer, das wäre in seinem Fall auch besser gewesen! Aber jetzt werde ich wohl meinen Anwalt einschalten müssen. *(klick)* Ich lasse mir doch von so einem Arschloch meine Karriere nicht kaputtmachen! Und selbst wenn's wahr ist: Nachweisen ist das Zauberwort!"

Christoph Grissemann, hier bei der Abrichtung seiner vier Pitbullterrier im villaeigenen Park, auf die Frage, ob er mehrmals mit einem Vorschlaghammer auf Hasso Stermann eingeschlagen habe: „Schauen Sie das Kaninchen hier an, das Kaninchen, das meine Pitbulls gerade zerfleischen, ja? Tut Ihnen das leid? Eben. Und so ein mieser Penner, der mit dem Vorschlaghammer was auf die Zähne kriegt, das ist für euch dann gleich eine Riesengeschichte!"

Solange keine weiteren Zeugen des grausamen Spektakels auftauchen, bleiben die beiden Schlägerkomiker aus Wien weiter auf freiem Fuß. Wir werden Sie auf dem laufenden halten.

Grissemann: „Wie berichtet, sind ich und mein Assistent Stermann auf widerliche und ekelhafte Art und Weise beschuldigt worden, den Bruder von Stermann, nämlich Hasso Stermann, geschlagen zu haben. Und nur weil die Geschichte stimmt, muß man damit noch lange nicht zur Presse gehen, so sind unsere Meinungen darüber!"

Die Münchner Abendzeitung schrieb unter der Überschrift „Schlägerkomiker im österreichischen Fernsehen", Zitat: „Die Deutschen haben den niedlichen, harmlosen, humorigen Dirk Bach, diesen putzigen, pummeligen Spaßmacher aus Köln, und was hat Wien? Wien hat Dirk Stermann, ein brutales, asoziales Arschloch, dsa mit seinem nicht minder gewalttätigen Schläger- und Brutalokollegen Christoph Grissemann einen minderbemittelten Verwandten von Dirk Stermann schlägt und quält." Soweit die Münchner Abendzeitung. Und Hasso Stermann wurde jetzt geholfen, und zwar von der Stadt Hamburg wurden ihm 438 DM Sozialhilfe genehmigt. Das erscheint Stermann und mir ein bißchen viel für einen Penner und Dummkopf wie Hasso! Das Landesgericht Altona hat es uns untersagt, aufgrund Paragraph „Schlagen und Witz", in Hassos Nähe zu kommen. Das heißt, wir dürfen nicht in Hassos Nähe kommen. Ist die Studiotür offen? Die mach' ich kurz zu bevor ich weiterlese. Wir dürfen Hasso also nicht in die Nähe kommen, und Hasso ist jetzt seit vier Wochen nicht mehr von uns verprügelt worden, das bitte auch einmal zur Kenntnis zu nehmen! Wir beschränken uns derzeit auf seelische Qual. Wir schreiben Drohbriefe, und Hasso sitzt genau jetzt im Männerheim in Altona, und, Stermann, warum redest du eigentlich nichts mehr? Ah, er ist eingeschlafen. Hasso sitzt jetzt genau im Männerheim im Altona, und wir versuchen, ihn jetzt zu erreichen."

Stermann: Hasso, bist du da?

Hasso: Ja, geht's, kann ich schon reden?

G: Grissemann hier, du Drecksack! 438 Mark kriegst du jetzt von der Sozialhilfe, stimmt das?

H: Ja, das ist richtig, jetzt bin ich zum Sozialamt gegangen, und die haben gesagt, das ist eine Sauerei, was Ihr Bruder da mit Ihnen macht. Die haben das gelesen in der Hamburger Morgenpost, in der Münchner Abendzeitung, überall haben sie das gelesen, die Leute!

G: Hasso, ich komm' mit dem Vorschlaghammer, wenn du weiter so auspackst!

H: Warum schon wieder?

G: Du weißt, Hasso, was dann passiert?

H: *(hust hust)* Ich bin völlig erkältet. Ich hab' nachts fast nie ein Dach über dem Kopf, und ich hab Angst. Ich hab' Angst, immer diese Briefe zu kriegen, von Ihnen, Grissemann.

G: Harhar, Hasso.

H: Ich hab' noch eine Frage.

G: Ja?

H: Da ist zu mir ein Produzent gekommen, ein Buchproduzent, ein Verleger.

G: Der will, daß du ein Buch schreibst?

H: Ja, der hat das gelesen in der BILD-Zeitung und hat gesagt, schreib doch ein Buch, ich schreib' das auch für dich, nenn es „Der Stermann-Clan".

G: Und willst du das Buch rausbringen, Hasso?

H: Ich weiß eben nicht, was mein Bruder dazu sagt, die Originale.

G: Haha.

H: Kann ich meinen Bruder, die Originale, sprechen, Grissemann?

G: Hasso, der schläft, ja!

H: Dann laß ihn mal schlafen, der wird ja wohl müde sein. Ist das wirklich wahr mit den 30, 40 Zimmern?

G: Hasso, natürlich ist das wahr! Hasso, paß auf, wenn du das Buch schreibst, schwör' ich dir, daß du in drei Tagen ertrunken bist!

H: Ich muß mich setzen, weil ich bin so hungrig.

G: Hasso, und paß auf, die 438 Mark Sozialhilfe, die du kriegst, ja? Die überweist du auf unser Konto!

H: Die hat schon mein Bruder sich selbst zurücküberwiesen, die hab ich gar nicht mehr.

G: Die kriegst du gar nicht.

H: Ne, mein Bruder hat, klug wie er ist, sein eigenes Konto angegeben bei der Sozialbehörde. Ich seh' davon keinen Pfennig.

G: Hasso, dir geht's schlecht, hoffe ich?

H. Mir geht's verdammt schlecht.

G: Gut, Hasso, dann lege ich jetzt auf, und ich kann dir eines versprechen ...

H: Schöne Grüße an meinen Bruder, die Originale, ja?

G: Ich werd's ausrichten. Und Hasso, ich komm mit dem Hammer in zwei Wochen.

H: Grissemann, du mieser Hund, bitte nicht!

G: Doch, Hasso!

H: Nicht wieder mit dem Vorschlaghammer auf meine Knabberleiste!

G: Und jetzt legen wir auf!

H: Ja. Grüß Sie.

Hektor

Hektor war ein häßliches Kind. Mit 6 wackelten seine Milchaugen und fielen kurze Zeit später aus. Dann schielte er und bekam eine Augenspange. Mit 12 Jahren fielen ihm alle Haare aus, mit 13 aber gottseidank alle wieder ein. Die Ärzte diagnostizierten eine sogenannte „Kurzzeitglatze". Hektor konnte zwar schreiben, aber nicht lesen. Er sprach fließend vier Fremdsprachen, doch seine Muttersprache beherrschte er so gut wie gar nicht. Am liebsten war Hektor draußen, im Freien. An der Natur liebte er die eigenen vier Wände am meisten. Tja, insgesamt war Hektor ein ganz spezieller außergewöhnlicher, unverwechselbarer Durchschnittsmensch. Sein Paß ist 1922 abgelaufen. Verlängert hat er ihn bis heute nicht. „Meinen Paß verläng'r ich niemals, mein Paß gefällt mir so wie er ist! Würd' ich ihn verlängern, paßte er nicht mehr in die Sakkotasche!" Vielleicht ist es an dieser Stelle jetzt angebracht, zwei, drei Worte über Hektors Großmutter zu verlieren: Feierabend, Traktor und sind. Das sind nur ein paar Worte, die mit Hektors Großmutter jetzt nicht so viel zu tun haben, aber daß Feierabend, Traktor und sind in dieser Reihenfolge endlich einmal in einer Geschichte auftauchen, das ist doch auch ein Ding!

Gestern starb Hektor übrigens. Er wurde im Bauch seiner eigenen Mutter tot aufgefunden. Die Fenster waren offen, und ein plötzlicher Windstoß hat ihn da reingeweht. Ja, wie das Schicksal halt so spielt, durch Mutters Wehen kam er raus, durch Mutter Erdes Wehen wieder rein! Das alte Rein-raus-Spiel, man kennt das doch. Hektor! Hektor, eins sei dir nachgerufen: Du wirst uns nicht fehlen! Du wirst uns allen nicht fehlen, die meisten kannten dich ja garnicht. Und die, die dich kannten, denen ist es wurschtegal, Du alter Mistfuchs!

Das Haarnetz Lord

„Mannomann, manno-manno-mannomann!" stöhnte der homosexuelle Kürschner und Apotheker Manfred-Ulfig-Dunse-Wrampelmayer, als er in seiner Spucke fremde DEENNA-Spuren fand. Er hatte sich einfach nur so in die Hände gespuckt, wie er es immer tat, bevor er einem Kunden die Hand gab. Da sah er sie, mit bloßem Auge: fremde DE-EN-A-Spuren, so groß wie Golfbälle. Zur Kontrolle spie er noch einmal in seine Handfläche und wieder: tellergroße fremde DE-EN-A-Spuren. Dazu, wie er feststellte, klebten an seiner linken Schulter Salatreste eines Salates, den er nie gegessen hatte.

„Scheiße auch!", ächzte Ulfig-Dunse-Wrampelmayer und schoß sich zur Beruhigung einen Liter Tranquilizer in die künstliche Holzhüfte.

Vielleicht sollte man an dieser Stelle erwähnen, daß der 71jährige gehbehinderte Apotheker und TeilzeitKürschner Ulfig-Dunse-Wrampelmayer seit Jahren im homosexuellen Milieu keine Partner finden konnte. Ein langes Rasta-Schamhaar wuchs ihm aus dem Unterbauch, es war nicht seins. Er begann zu schwitzen und taumelte vor die Kürschnerei-Apotheke, so daß seine Fußspuren im gelbpebinkelten Schnee sichtbar wurden. Es waren Moonboots-Abdrücke. Schuhgröße 46. Er konnte es kaum glauben, trug er doch seit 12 Jahren links eine Sandale und rechts einen Stöckelschuh. Beide Größe 39.

Im Schaufenster der Apotheke spiegelte sich sein Ebenbild, er sah aber nicht sein Gesicht, sondern daß einer afrikanischen Rentnerin, die ein merkwürdiges Haarnetz trug. Er schaute sich das Haarnetz genauer an: es war ein belgisches Herrenhaarnetz gegen Inkontinenz. Vor Aufrequng machte er es sich in die Hose.

Der Schnee wurde immer gelber und er sah wie die Afrikanerin im Schaufenster überlegen lächelnd den Kopf schüttelte. Seine Identität schien sich von Innen heraus verändert zu haben. Er fiel um. Er schloß die Augen. Im vollgepißten Schnee lag es sich gemütlich wie im Korbsessel von Wintroppetz, seinem einzigen Bekannten, der in Thailand einen Jahrmarkt für Herren führte. Könnte Wintroppetz ihn hier so liegen sehen, er würde ihm das sagen, was Wintroppetz immer sagte. Wenn er was Ungewöhnliches sah, nämlich: „Nanu, nu, nu, nu, nu!"

So war Wintroppetz.

Mit allerletzter Kraft kroch Manfred Ulfig-Dunse-Wrampelmayer ins homosexuelle Milieu, das sechs Meter weiter sein unmoralisches Unwesen trieb. „Geiles Haarnetz, Puppe", rief ihm ein 22jähriger Skandinavier zu, und bot ihm beidseitigen Oralverkehr an, den Ulfig-Dunse-Wrampelmayer höflich dankend annahm. Dank seiner urplötzlich veränderten DE-EN-A-Struktur nannte man Manfred Ulfig-Dunse-Wrampelmayer kurze Zeit später schon „den geilsten Monsieur im homosexuellen-Milieu".

Als Wintroppetz Jahre später zufällig am Homo-Strich seine Liebesdienste anbot und seinen alten Kumpel Manfred glücklich am Boden stöhnen sah, quittierte er das, wie immer, wenn er etwas Ungewöhnliches sah, mit den Worten: „Nanu, nu, nu, nu!"

Alle Beteiligten dieser Geschichte sind heute längst tot, doch die Moral dieser Geschichte, die lebt fort, in jedem Einzelnen von uns, und nur so wird diese Welt einst einmal die Welt, die wir für unsere Eltern und Kindeseltern uns erträumt. Erst dann ist Frieden in allen Herzen und das Gewissen rein und alle Seelen weiß. Wie Schneeflöckchen, die leise in den Himmel fallen. Wenn's einst so werden wird, und Wintroppetz durchs Himmelszelt herniederblickt, dann werden seine Worte sein: „Nanu, nu, nu, nu, nu, nu!" Diese Geschichte ist hier zu Ende, doch was ihr innewohnt, lebt morgen fort. Und übermorgen und immerzu und immerfort, ganz weit, so weit, wie Mutter Erde diesen Erdenball gebaut, so laut wie Ruh'.

Nanu, nu, nu, nu, nu, nu, nu, nu!

Erotische Fischgedichte & fromme Gemüselyrik

Der Zierfisch

Ziert der Zierfisch sich beim Lecken,
springt der geile Stör ins nächste Becken.
Dort wartet schon die scharfe Flunder
und reißt sich rasch das Höschen runder.

*

Der Broccoli

Ein Wort des Fluches hört man nie
vom gottgefäll'gen Broccoli.
Er hurt nicht, säuft nicht, engelsgleich,
dem Broccoli das Himmelsreich.
Der Oktopus
So fickrig ist der Oktopus,
daß er am Tag 5-, 6mal muß.
Er bumst den Stör, den Hai, den Aal,
und auf die Schnelle
noch von hinten die Sardelle.
Und ganz zum Schluß mit Zungenkuß
sich selbst, den geilen Oktopus!
Das Radieschen
Es macht den Kirchgang, betet, pflügt,
noch nie hat es ein Mensch gerügt.
Unser braves fleiß'ges Lieschen,
ein dreifach Hoch auf das Radieschen!

*

Die Muscheln

Die geilen Muscheln woll'n nie kuscheln,
von langem Vorspiel halten sie nicht viel.
Die Muscheln kommen gleich zur Sache,
ob im Meer oder im Bache!

DIE MÖHRE

Die frommste Frucht hab' ich gesucht,
und ich schwöre, es ist die Möhre,
denn sie schenkt der Tomate
jeden Tag 'ne Oblate.

*

DIE MORÄNE

Am liebsten macht es die Moräne
im Wasser ganz mit sich alleene.
Sie onaniert, sie masturbiert
und ist dabei ganz ungeniert!

*

DIE BOHNE

Bei jeder Marienprozession
kriecht sie auf Knien für Gotteslohn.
Für den Vater und den Sohne
tut sie alles, die Bohne.

*

DER ROCHEN

Seit Wochen bumst der Rochen
seine Frau sogar beim Kochen.
Kann er nicht mehr, ruft sie den Zander,
und die beiden treiben's miteinander.

*

Der Lauch

Wer hält sich fromm an jeden christlich Brauch,
wer kümmert sich um all die Armen auch?
Wer predigt hinter jedem Strauch?
Du weißt es längst, es ist der Lauch.

*

Der Kabeljau

Ganz zärtlich macht's der Kabeljau
heimlich dem Pottwal seiner alten Frau.
Der Pottwal selbst ist impotent,
wie gut, daß sie vom Jau das stramme Kabel kennt!

*

Der Rhabarber

„Ach, ist das schwer",
hört man sie sich laut beschweren,
„Menschen zum rechten Glauben zu bekehren!"
„Das ist doch leicht!" ruft der Rhabarber
und bekehrt im Handumdrehen zwo, drei Araber.

*

Der Hecht

Im Karpfenteich der flotte Hecht
bumst alle Karpfen durch,
nicht schlecht!

Die Liste der 1000 besten Phallussymbole dieser Welt

(Angaben ohne Gewähr)

1 – Banane
2 – Ölbohrturm
3 – der schiefe Turm von Pisa
6 – Vibrator
9 – Mikrophon
12 – Eßstäbchen
14 – Kran
64 – Kirchenorgel
90 – rechte Hälfte einer Tischtennisplatte
138 – umstrickter Kleiderbügel
144 – Kachelboden
165 – gebrauchter Wick-Nasenspray von
       Franz Morak
166 – Ottakringer Bierdeckel
167 – Zitronenfalter
256 – Serviette mit dem Monogramm
       von Peter Alexander
257 – Grille
258 – 1 Portion Rucola-Salat
291 – linke Hälfte einer Tischtennisplatte
292 – Schulranzen
293 – Erich Kästners „Das doppelte Lottchen"
295 – Badeschlapfen von Tommy Orner
       (ineinandergesteckt)
296 – Saunabank
297 – Air-France-Kotzbeutel
307 – Duden aus dem Jahr 1964
308 – Zebrastreifen Ecke
       Kärtnerring/Operngasse
309 – Webstuhl aus dem 17. Jahrhundert
349 – Schweiß
423 – Fußbodenheizung von Bill Ramsey

424 – Strickjacke
425 – Wandteller
480 – Bowlingkugel
515 – Rübenschneider
516 – Kamelmarionette aus dem Augsburger Puppentheater
517 – Nachtkästchen von Roberto Blanco, Einkaufsnetz
518 – Handstaubsauger
519 – Vogel, Ostblock-Warndreieck
521 – Brille von Götz George
522 – Tischtennisplatte
523 – Frisur von Pornojäger Martin Humer, Münchner Weißwurst
529 – die Sondermülldeponie in Kairo
530 – Kohletablette
531 – ÖBB-Seniorenausweis
532 – Brillenputztuch von Salman Rushdie
533 – Moos
534 – Trockeneismaschine
591 – Krawatte von Pornojäger Martin Humer
592 – 1 Set falsche Wimpern
593 – Bowlingkugel
602 – Curd-Jürgens-Perücke
603 – Wienerwald-Hähnchen
604 – der Plattensee in Ungarn
609 – Senkgrube
610 – Saddam-Hussein-Faschingsmaske

611 – Karamelgebäck
612 – Gras
613 – Schmetterling
619 – Alkoholleiche
643 – Serbische Bohnensuppe
648 – Kalenderblatt
715 – polnisches Suppenhuhn
716 – Radieschen
717 – Satellitenschüssel
774 – Josef Broukals Kontoauszug
775 – Reisegutschein
776 – Lametta
804 – abgestandenes Glas Tequila
805 – Nutella
806 – getrockneter Schmetterling
807 – naturtrüber Apfelsaft
810 – Glas heiße Milch
811 – Kartoffel, Karottensuppe
812 – Filzhut
843 – Saddam-Hussein-Faschingsmaske
911 – Stermanns Phallus
912 – Senkgrube
924 – Leitung
989 – Aquarium
990 – Stermanns Phallus
991 – Autorückspiegel
992 – griech. Bauernsalat, Straßenkarte v. Slowenien
993 – Husky, Folienkartoffel

994 – Waschlappen, Zahnseide
995 – Erbsensuppe
996 – 1 kg Meersalz,
        benutztes Handtuch von Thomas Muster
997 – Zahnspange
998 – Portion Tiramisu
999 – Single von Modern Talking,
        Feuerwehrauto aus Lego
1000 – Moccatasse, Rohkostteller

--------------- außer Konkurrenz ---------------

1001 – Grissemanns Phallus
1243 – Kassettenrecorder (ohne Kassette)
500.000– Alkbottle-CD

Die 3 besten Aufreißsprüche
von Dirk Stermann

1 – Mal sehen, ob ich diesmal was gewonnen hab'
2 – Mal sehen, was Omma mir so geschenkt hat
3 – Mist, schon wieder die ganze Milch aufs Nähzeug geschüttet

Die 10 besten Synonyme für „Nase"

10 – Riechkolben
 9 – Zinken
 8 – Riechrüssel
 7 – Schneuzrinne
 6 – Esel
 5 – Rotzpfanne
 4 – Popelpenis
 3 – Schnüffeltröte
 2 – Schleimscheißer
 1 – Esel

Briefwechsel zwischen Mutter Grissemann und Mutter Stermann

Sehr geehrte Frau Stermann,

ich freue mich auf das Abendessen im „Imperial" mit meinem Christoph, Ihrem Sohn und Ihnen selbst. Ich weiß nicht, ob Sie sich bewußt sind, wie stolz sie sein können, mit meinem Sohn an ein und demselben Tisch sitzen zu können. Immerhin ist mein Sohn Christoph von dem interessanten Nachrichtenmagazin „News" zum zweihundertsechsundsiebzigstenwichtigsten Österreicher gekürt worden. Daß er trotzdem die kostbare Zeit, die er ja auch für seine creative Arbeit nützen könnte (ich sage nur die Schlagworte Buch, Fernsehen, Funk, Kabarett und Theater, ja, Theater, er bereitet gerade ein hochinteressantes Theaterprojekt vor), daß er sich trotzdem mit Ihnen und Ihrem bemühten Sohnemann treffen will, spricht für ihn, für seine Toleranz und seine unendliche Geduld.
   Mit freundlichen Grüßen,
Mutter Grissemann

Sehr geehrte Frau Grissemann,

vielen Dank für Ihren freundlichen Brief. Vielleicht ist Ihnen entgangen, daß auch mein Sohn Dirk zum zweihundertsechsundsiebzigstwichtigsten Österreicher gewählt worden ist. Von Ihrem Sohn, das wußte ich ja gar nicht. Verzeihen Sie, ich dachte ja auch immer, Sie hätten eine Tochter. Diese helle Stimme. Gar nicht so schlecht, aber eben doch wie ein Mädchen, nicht? Daß Ihr Sohn auch *creativ* tätig ist, ist sicher auf den großartigen Einfluß meines Sohnes zurückzuführen. Wird Dirk ihm wohl die Kunst schmackhaft gemacht haben. Soweit ich weiß, ist Ihre Tochter, verzeihen Sie, „Sohn", ja nicht gerade das, was man einen Künstler nennt. Zumindest hier in Deutschland kennt Ihren Sohn kein Mensch.
   Bis bald,
Mutter Stermann

Sehr geehrte Frau Stermann,

vielen Dank für Ihr Antwortschreiben. Wir haben viel gelacht über Ihren Brief. Christoph Mark meint, Sie wüßten gar nicht über Ihren Sohn Dieter richtig Bescheid und ich solle Sie nicht ernst nehmen, ohne Ihnen zu nahe treten zu wollen. Es sind so herrliche Gespräche, die ich mit Christoph Mark führe. Er erfindet mir mit seinem sprühenden Geist jeden Abend die Welt aufs Neue. Ich habe übrigens ein Bild Ihres Sohnes in der Zeitung gesehen, er stand neben meinem. Sagen Sie, das muß auch nicht immer einfach gewesen sein, dieses Gesicht, hat er das von Ihnen? Na ja, es kommt ja doch auch immer irgendwie auf die inneren Werte an.
Bis bald in Wien,

Mutter Grissemann

Sehr geehrte Frau Grissemann,

mein Sohn hat einen Abiturschnitt von 2,8 und ist vor wenigen Wochen in der von Ihnen bereits früher zitierten Zeitschrift „News" zum vierundzwanzigsterotischsten Mann Österreichs gewählt worden. Wo war Ihr Sohn in der Liste? Das dünne Haar, hat er das von Ihnen? Na ja, mein Sohn konnte schon mit 6 Jahren reden und bekam mit 8 sein erstes Beißerchen. Den Topf brauchte er mit 13 längst nicht mehr, und die 100 Meter lief er in 17,41. Kein weiterer Kommentar.
  Bis bald, ich freue mich,

Ihre Mutter Stermann

Geehrte Stermann,

Christoph Mark war 2. Im Skikurs 78 in Saalbach-Hinterglemm. Er ist mit 19 alleine nur von seinem Vater begleitet 1 Tag lang auf Interrail gefahren. Er ist mit 30 Jah-

ren ausgezogen und kann problemlos 2 kleine Biere trinken, ohne aufzustoßen. Er kauft sich die Kleider, die ich ihm aussuche, selbst und mit Mädchen tut er sich ganz fein. Letztens hat eine gewisse Julia hier angerufen. Julia arbeitet in einem Marktforschungsinstitut und wollte wissen, was er und ich vom Iglo-Chefmenü hält und halte. Tja, mein Kleiner ist ein richtiger Tausendsassa. Morgen ist ja unser Treffen im „Imperial", dann hab' ich Ihnen noch einiges über meinen Prachtsohn zu erzählen.

Telegramm von Mutter Stermann

Frau Grissemann. Stop. Dirk besser. Stop. Sieht besser. Stop. Kein Brillenträger. Stop. Und sieht besser aus. Stop. Kann „Glocke" auswendig. Stop. Kann jede Frau zum Orgasmus bringen. Stop. Will Ihren Flaschensohn überhaupt nicht kennenlernen. Stop. Blöde Kuh. Stop.

Telegramm von Mutter Grissemann

Tisch abbestellt. Stop. Schlampe Stermann. Stop. Christoph Mark inzwischen teure Kontaktlinsen. Stop. Und Haare voller. Stop. Super. Stop. Dirk immer fetter. Stop. Fette Sau. Stop. Wenn Sie mich fragen. Stop. Schwanz von Christoph Mark viel länger. Stop. Sicher länger als der von Ihrem. Stop. Blöde Saukuh. Stop.

Etwas später:

Sehr geehrte Frau Stermann,

verzeihen Sie meine Wortwahl der letzten Briefe. Ich hoffe, Sie nehmen meine Entschuldigung an. Ich bin der gleichen Meinung wie Christoph, daß wir stolzen Mütter einen Neuanfang wagen sollten. Ich selbst bin auch bereit, Ihre Untergriffe zu vergessen. Vielleicht ist es im Sinne einer Annäherung gut, Ihnen, Frau Stermann, einiges über mich und mein unvergleichliches Kind Christoph Mark zu erzählen. Sicher wird Sie interessieren, woher Christoph Mark diese seine Bildung und seine Liebe für alles Schöne hat. Nun, ich ermöglichte ihm früh den Kontakt mit der Literatur und der klassischen Musik. Brahms, Tschaikowsky, Jacques Brel, Anneliese Rothenberger. Ich seh' ihn noch heute vor mir: zweieinhalbjährig, in der Hand die Partitur von Mozarts „Zauberflöte", sein seidig-goldnes Haar im Takte hin und her wiegend. Und, liebe Frau Stermann, vergessen Sie niemals die Kraft der Gene, schließlich trägt er meine in sich, und ich sage es nicht ohne Stolz: Ich war Souffleuse am Tiroler Landestheater. Auch sein soziales Umfeld ist wohl nur mit dem Wort „hervorragend" zu beschreiben. Sein Vater, mein Mann, der ehemalige Direktor des österreichischen Hörfunks, Moderator des einzigartigen Neujahrskonzerts. Sein Bruder einer der versiertesten Filmkritiker der Welt. Das alles im goldenen Wien. Ihr Sohn Dirk soll ja im Ruhrgebiet groß geworden sein. Dieses einfache Milieu ...
Mit freundlichen Grüßen,
Mutter Grissemann

Sehr geehrte Frau Grissemann,

vielen Dank für Ihren Brief. Auch ich finde, wir schaden der Karriere unserer Söhne nur, wenn wir nicht weiter Kontakt halten. Schön, daß Sie Ihren Fehler auch einsehen. Wissen Sie, Dirk ist ja niemals sitzengeblieben. Mein Sohn erzählte mir, Christoph sei gleich zweimal sitzengeblieben. So was ist in Deutschland ganz selten und wird mit Sonderschule geahndet. Aber in Österreich ist ja alles anders. Mein Gatte übrigens ist der ehemalige Chef der Ratinger Stadtwerke, ein stadtbekannter, kluger, gutaussehender Mann. Dirks Bruder, falls das Ihrer Aufmerksamkeit entgangen sein sollte, ist Lyriker und Träger des Stipendiats des Landes Nordrhein-Westfalen. Nordrhein-Westfalen hat übrigens doppelt so viele Einwohner wie Österreich. Ihre kleine Spitze gegen das Ruhrgebiet ist mir nicht entgangen. Wessen Wiege stand hier nicht, gute Frau. Gustav Gründgens, Robert Schumann, Heinrich Heine, Wim Thoelke. Geht es Christophs Haut besser? Das muß für einen jungen Mann ja schrecklich sein.

Mit freundlichen Grüßen,
Mutter Stermann

Frau Stermann,

ich will Ihnen nicht zu nahe treten, aber Sie haben bestenfalls das Niveau einer verbitterten Friseuse. Sich über Christoph Marks Hautunreinheiten auszulassen zeugt von letztklassiger Primitivität. Christoph Mark besitzt eine wunderschöne schmale Nase, romantische, kluge Augen, und seine Denkerstirn zierte gar manche Illustrierte. Und die Figur eines Ballettänzers – aber immer männlich heterosexuell. Ihrem Dirk sagt man ja Kontakte zum homosexuellen Milieu nach, vielleicht kriegt er mit seiner Figur keine Mädchen mehr. Na ja. Ihr Dirk war ja, bevor ihn mein Sohn von der Straße geholt hat, Taxifahrer. Ist Taxifahrer nicht ein Beruf für Gescheiterte? Wie schön, daß Sie trotz allem zu Ihrem Sohn Dirk stehen. Andere Mütter verstoßen solche ekligen Kinder und geben sie froh zur Adoption frei. Ich muß jetzt schließen, denn die Blumen auf dem Altar, den ich für Christoph Mark errichtet habe, brauchen frisches Wasser.

Grüß Gott,   *Mutter Grissemann*

Frau Grissemann,

hören Sie auf, sich lächerlich zu machen. Alle 5 Damen meines Kaffeekränzchens haben heute sehr gelacht über Ihren Brief. Neid ist ein schlechter Ratgeber. Versuchen Sie einfach die Tatsache zu akzeptieren, daß mein Sohn Dirk intelligenter und geiler ist als Ihrer. Dirk hat's schon mal mit meiner Fitneßtrainerin gemacht. Haben Sie ihn übrigens schon mal im Anzug gesehen? Das kaschiert das ein oder andere Fettpölsterchen ganz gut. Anzüge, die Eiterpickel verdecken, sind leider noch nicht erfunden. Ach, tut mir das leid. Wußten Sie eigentlich, daß Ihr primitiver Sohn schwerer Alkoholiker ist? Leider muß ich den Brief schließen, denn eine Redakteurin des Magazins „Bild der Frau" erwartet mich für ein Interview zum Thema „Mütter berühmter Söhne". Die gute Frau schien am Telefon ganz hingerissen von meinem Dirk zu sein.
Guten Tag,

Mutter Stermann

Telegramm an Frau Stermann

Blöde alte Schlampe Stermann. Stop. Hirnschiß. Stop. Dirk Schwuchtel. Stop. Christoph Mark gestern mit Damenfußballteam gebumst. Stop. Besser. Stop. Arschlochkaffeekränzchen soll scheißen gehen. Stop. Fuck you. Stop.

Telegramm an Frau Grissemann

Pißnelke Grissemann. Stop. Dirk bumst gerade Frauenorchester. Stop. Fantastisch. Stop. Ihr Sohn Christoph häßliche Sau. Stop. Leck mich. Stop.

Die Tagebücher von Grissemann und Stermann

Die berührenden Berlin-Tagebücher II

4. 1. 98, Berlin, Hotel Taunus

Das Faß ist voll. Stermann hat alles Menschliche verloren. Heute morgen saß er nackt auf dem Brandenburger Tor und fraß wie ein alptraumhaftes Monster Berge von Kröten und Tauben. Dann fiel er im Delirium hinunter und blieb kurze Zeit besinnungslos liegen, um wenig später blutverschmiert in einem Waldstück zu verschwinden. Mein Gott, wie soll ich das meiner französischen Lektorin Françoise de Berceau erklären, die mein Werk „Urbane Eleganz im Berlin des ausgehenden Jahrtausends" veröffentlichen will? Habe gerade erfahren, liebes Tagebuch, daß Stermann von Tierärzten eine Betäubungsspritze bekommen hat und in der Tierklinik Potsdam liegt. Werde ihn wohl oder übel in den nächsten Tagen abholen müssen. Ich selbst verfasse wieder satirische Lieder im Hexameter, und ich zaudere tagein, tagaus, ob ich mich bereit fühle, den frühen Rilke ein zweites Mal zu entdecken.

4. 1. 98, Berlin, Hotel Taunus

Liebes Tagebuch, nie schrieb ich Dir erzürnter als nun! Heute morgen, als ich vor dem Brandenburger Tor die goldene Humanitas-Medaille überreicht bekam durch den UNICEF-Botschafter Dr. Nbong Ndiwabdua und gerade in der Mitte meiner als bemerkenswert empfundenen und dankbar aufgenommenen Rede angekommen war, hörte ich von weitem schon das fürchterliche Grölen von Grissemann und seinen neuen Rockerfreunden. Grissemann trug diesen jämmerlichen Wikingerhelm und schrie: „Nackte Weiber, nackte Weiber ham die allergeilsten Leiber!" Liebes Tagebuch, ich errötete so, daß Autos vor mir stehenblieben! Dann begannen Grissemann und seine neuen Rockerfreunde auf mein Rednerpult zu – Entschuldigung – zu urinieren! Meine armen Freunde von der UNICEF wurden über und über mit Bier beschüttet. Grissemann sitzt nun in Untersuchungshaft und schläft seinen Rausch aus. Ich hole ihn wahrscheinlich in den nächsten Tagen wohl oder übel ab. Ich selbst stehe kurz vor der Vollendung meines Oratoriums „In Horto Gaudeamus". Das Lateinische will mir schon recht flüssig aufs ewig geduldige Papier. Arte, Arte, warte!

5. 1. 98, Berlin, geliebtes Hotel Taunus

Ich bin fertig mit diesem Irren, endgültig fertig! Ich weis daß Stermann sich sehr schwertut, mit dem vermeintlich schwachen Geschlecht in Kontakt zu treten, aber daß er zusammen mit zwei anderen geistig Verwirrten, die von ihm offensichtlich bezahlt wurden, in ein Frauengefängnis einbricht, weil, wie er es sagte, „die Puppen dort wenigstens nicht weglaufen können", das ist die Höhe und gleichsam der Tiefpunkt. Die Frauen verbarrikadierten sich im Hochsicherheitstrakt vor ihm. Er und die anderen beiden Kerle hockten bei der Festnahme nackt vor dem Hochsicherheitstrakt und verspeisten mitgebrachte Tauben und Kröten. Es war so abstoßend. Ich selbst bin glücklich über den Gewinn des Prix Nostalgia für mein Nachschlagewerk „Traditionelle flämische Lyrik neu interpretiert". Außerdem gibt mir der Schein der Kerze Kraft und Wärme für meinen kritischen Essay über Hegel. O wieviel Ruhe braucht ein wacher Geist?

5. 1. 98, Berlin, Hotel Taunus

Endgültig alles aus, endgültig alles vorbei. Mir zittert der Federkiel bei der Niederschrift folgender Zeilen. Der liebe Alexander, bei dem ich täglich nicht nur Tinte, Feder und Schnupftabak erstehe, sondern den ich auch als gelehrigen Schüler in mein großes Herz geschlossen habe, ihm gab ich Kraft und Mut für seine erste öffentliche Lesung in einem Kulturhaus. Ich habe alles in die Wege geleitet und hielt die Begrüßungsrede, in der ich launig, aber bestimmt Alexanders Talent hervorhob, trotz aller jugendlichen Unreife dann und wann. Alexander bedeutete dieser Abend so viel! Um so härter traf ihn, daß Grissemann zu Beginn seiner Lesung volltrunken durchs Glasdach fiel, direkt auf Alexanders Großmutter, die Grissemann unter sich begrub. Als sich die alte Dame zu Recht beschwerte, stopfte Grissemann ihr mit Alexanders Texten das, wie er es nannte, „Maul"; es war so widerlich und abstoßend! Ich selbst finde kaum die nötige Ruhe, um der Querflöte zu dienen, doch, liebes Instrument, ich werde in mich hineinhorchen, auf der Suche nach der echten Stille!

Die privaten Tagebuchaufzeichnungen aus München

München, 23. 10. 98, Hotel am Goetheplatz

Liebes Tagebuch, ich halte diese Geräusche aus dem Badezimmer nicht mehr aus. Stermann hat ja hier in München bei Dr. Fieberzahn insgesamt 41 Penisvergrößerungsoperationen machen lassen, gestern war die 41te. Stermann ist gerade im Badezimmer und penetriert die Waschmaschine, es ist an Würdelosigkeit nicht mehr zu übertreffen. „Sonst paßt nix mehr!" brüllt dieser obszöne Teufel in Menschengestalt ständig zu mir herüber. Noch schlimmer war aber, daß er gestern vor dem Ratskeller auf der Straße chilenische Straßenmusikanten mit einer Augusto-Pinochet-Maske so sehr erschreckt hat, daß zwei

Musiker ohnmächtig wurden. Ich selbst bin fast zu aufgewühlt, um Hexameter um Hexameter aufs Papier zu hexen, sanft und zart, wie es unser aller Meister deutsche Sprache täglich aufs neue fordert, nein herausfordert! Ein beiläufiger Blick aus dem Fenster. O Nacht, was liegst du fragil auf den Giebeln der Stadt, o Nacht, gib acht!

München, 23. 10. 98

Als Dante die Hölle beschrieb, da mußte er unvollständig bleiben, weil Grissemann noch nicht auf der Welt war. Was ich die letzten Tage hier mitmachen muß, ist jenseits jeder Beschreibung. Grissemann verlangt ja in jedem Hotel nach einem Wasserbett, nur, was macht dieses, ja ich muß es sagen, dieses Schwein dann? Er schüttet das Wasser aus der Matratze und füllt Erbrochenes in die Matratze. Grissemann hat extra für dieses widerwärtige Unterfangen jedesmal, wenn wir auf Reisen sind, sechs schwere Säcke Erbrochenes mit. Ich muß beruflich endlich von diesem Geistesgestörten loskommen! Im Zimmer stinkt es unerträglich. Grissemann schnarcht auf seinem Erbrochenen, und ich, ich selbst komme kaum dazu, meinen stolzen Zweireiher fürs Nobelpreisträgeraspirantentreffen heute abend zu putzen, und grüble weiter über die Sinnhaftigkeit traditioneller politischer Seidenmalerei. Ach kritischer Geist, der du in mir wohnst und, ja, innewohnst!

Die Kuba-Tagebücher

26. 2. 98, Havanna

Es muß ein böser Traum sein, welcher Teufel reitet Stermann. Habe mich schamesrot ins Hotelzimmer zurückgezogen, während Stermann durchs Hotelfoyer kriecht und eine kaum vorstellbare Spur hinterläßt aus zerbissenen Kampfhähnen. Stermann hat heute vormittag den Kampf mit 16 Hähnen aufgenommen und sie alle totgebissen. Kreidebleich haben die kubanischen Veranstalter bei diesem schrecklichen Schauspiel zugesehen, viele Zuschauer haben sich übergeben, Kinder weinten. Mit blutunterlaufenen Augen schrie er besoffen immer wieder: „Ich freß euch alle!" Da war nichts Menschliches mehr. Mit dem Blut der toten Hähne bemalte er dann seinen ungeheuren Bauch und steckte sich die 16 abgerissenen Hahnenkämme ins Haar und torkelte ins Revolutionsmuseum, wo er lallend vor einer Che-Guevara-Büste eine Wärterin zwang, mit ihm zusammen durch ein Megaphon den obszönen Gassenhauer „Olé, wir fahren im Puff nach Barcelona" zu grölen. Dank meinen großzügigen Bestechungsgeldern sehen die kubanischen Behörden noch von einer Ausweisung ab. Ich selbst übersetze in spiritueller Verbundenheit mit dem mir so lieben José Martí dessen Werk „La nacion" ins Plattdeutsche. Außerdem lausche ich dem zarten inspirierenden Rauschen des Ficus major, der im Innenhof mein freundlicher Nachbar ist. Fühlst du, was ich fühle, großer, stummer Bruder Baum?

26. 2. 98 Havanna

Ein drittes Mal werde ich meine Schweizer Bank nicht bitten, große Geldsummen zu überweisen, um Grissemann freizukaufen. Dieser Kretin hat es nicht verdient, jemals etwas anderes als Wasser, Brot und Schläge zu bekommen, wobei man über Wasser und Brot auch noch diskutieren könnte, liebes Tagebuch. Zusammen mit einer erbarmungswürdigen Gruppe oberösterreichischer Sextouristen hat Grissemann mit einem selbstgebauten 3 Meter großen rot-weiß-roten Holzphallus die Hörsäle der philosophischen Fakultät der Universität Havanna verwüstet, weil er wütend darüber war, daß es in der Bibliothek nicht sein Lieblingsmagazin „St.Pauli Nachrichten" gab. Anschließend stieg er mit seiner unmenschlichen Horde aufs Dach der Universität und bewarf Schulkinder mit Erstausgaben von Ernest Hemingway. Das ließ ihn endlich das Gleichgewicht verlieren, und er stürzte durch das Glasdach der Aula, um besinnungslos und nach Alkoholdampfend auf einer Fidel-Castro-Büste seinen Rausch auszuschlafen. Ich selber, der ich just zu diesem Zeitpunkt in der Aula meine Rede vor kubanischen Intellektuellen halten durfte, sehe mich außerstande, Christoph Grissemann als menschliches Wesen zu akzeptieren. Kann ich unter diesen Umständen wirklich meine Dworak-Interpretation am Flügel noch meistern, wird mir die Hand nicht zittern, wenn ich mein Querflöten-Colloqium vor ausgesuchten Mitgliedern der hiesigen Musikakademie halte? Oh, Musen. Drückt mich fest an euren Busen, daß ich meine Tränen der Abscheu in euch betten kann.

Los-Angeles-Tagebücher

13. 8. 97, Los Angeles

Stermanns Erbärmlichkeit macht mich zunehmend fassungsloser. Er ist jetzt aus dem Hotel ausgezogen und lebt in einem Wildschweingehege am Rande der Stadt mit 10 Wildschweinen zusammen, denen er MSV-Duisburg-Trikots übergezogen hat. Ich fürchte, er schläft mit einem der Wildschweine. Ich selbst genieße die Auseinandersetzung mit dem politischen Gedicht des 18. Jh., Herwegh, Richter, von Bläuel, ach, wie geben mir eure Zeilen Kraft. Ach ja, Hawking hat mir gratuliert zu meiner Arbeit über die Philosophie der Physik.

13. 8. 97, Los Angeles

Grissemann muß weg, so viel steht fest. Als ich heute eine Pressekonferenz in Pasadenas größtem Glashaus gab, es ging um bedrohte Kulturpflanzen, donnerte, wie nicht anders zu erwarten, Grissemann durchs Dach und blieb ohnmächtig in einem aztekischen Gummibaum hängen. Ich kann, will und laut meinem Arzt darf ich mir auch nicht länger über Grissemann Gedanken machen. Ich selbst bin mit dem Requiem fast fertig, habe Pina Bausch für die neue Produktion „Der grüne Pinsel" abgesagt und werde mich jetzt ans Signieren der Repros machen.

Als wir

(noch immer)

noch nicht von

Funk

und

Fernsehen

kaputtgemacht

worden sind

Als wir noch nicht von Funk und Fernsehen kaputtgemacht worden sind,

arbeiteten wir in dem katholischen Pudelsalon „Die 10 Gebpfote". Ein dummer Name für ein Geschäft, wo man Pudel kämmt, aber jetzt mal ehrlich, gibt es kluge Namen für katholische Pudelsalons? Wären „Papst Pius IV.", „Pudel von Nazareth" oder „3. Wauwautikanisches Konzil" klüger? Uns war's scheißegal. Wir hätten auch in einem katholischen Pudelsalon gearbeitet, der „Scheiterhäufchen" heißt. Wir hatten früher einmal kurz bei einem evangelischen Katzenpräparator gearbeitet. Das Geschäft hieß „Katzechismus". Wir waren einiges gewöhnt. Im Salon „Die 10 Gebpfote" waren wir für die Pudelkleidung zuständig. Wir verkauften selbstgemachte Pudelpullover, Pudelmützen, Pudelstiefelchen, Pudeldessous. Vor allem rote Pudel-BHs waren der Renner. Pudeldamen haben 6 Zitzen, deswegen mußten sie immer 3 BHs kaufen. Wir wurden stinkreich und lobten den Herrn. Durch unseren Erfolg wurden wir arrogant und lebten über unsere Verhältnisse. Mit anderen Worten: Unsere Freundinnen lebten einen Stock unter uns, wir also einen über unsere Verhältnisse. Wir liebten die beiden Frauen, konnten uns aber ihre Namen nie merken. Wer kann denn noch den Überblick behalten in diesem Julia-Tanja-Klara-und-Nicola-Dschungel! Wir nannten sie der Einfachheit halber Mike und Krüger. Weil beide so blöd waren und so lange Nasen hatten. Wir liebten sie. Weil sie zwar ekelhaft waren, aber auf der anderen Seite so zermürbend uninteressant. Wir schwiegen uns die ganze Zeit an, bis sich auch das erschöpfte und wir gar nichts mehr sagten. So lebten wir also mit Mike, Krüger und den Pudeln. Da keimte ein Wunsch in uns auf. Wir wollten zwar weiter über unsere Verhältnisse leben, aber nicht mehr länger unter unseren Möglichkeiten, denn über uns wohnten 2 Klassefrauen, die heiß auf uns waren. Da war einiges möglich. Sie hießen Nicola und Tanja, zwei wunderschöne Namen, die sich sofort in unser Gedächtnis einbrannten. Wir zogen hinauf und lebten fortan weit über unsere Verhältnisse Mike und Krüger. Wir waren voller Lust und Leidenschaft. Wir hatten ständig Lust, Fußball zu schauen, und spielten leidenschaftlich gern nächtelang Karten.

Alles hätte so schön sein können, aber leider trennten sich Nicola und Tanja von uns. Sie konnten es einfach nicht ertragen, daß wir im Bett viel besser waren als sie. Unser altes Kardinalsproblem, wir waren einfach zu gut im Bett.

Wir verließen Europa und bekamen über unsere guten katholischen Verbindungen einen neuen Job in Südamerika. Eine Missionarsstellung. Hier konnten wir brillieren, das hatten wir wirklich drauf. Na ja, vielleicht arbeiten wir wieder mal für die katholische Kirche, aber vorher lassen wir uns noch ordentlich von Funk und Fersehen kaputtmachen.

Als wir noch nicht von Funk und Fernsehen kaputtgemacht worden sind,

waren wir noch richtige Kinofreaks.

Jeden Morgen trafen wir uns in der Backstube von Pääivi Väähälen, einem finnischen Bäcker, von dem wir uns sofort angezogen fühlten, weil er so unsympathisch war. Außerdem fühlten wir uns von Väähälen angezogen, weil er uns einkleidete. Wir trugen in dieser Zeit ausschließlich schwarz-weiß-karierte Bäckerhosen und weiße Kittel. Wenn jetzt der Eindruck entstehen sollte, daß wir, bevor wir von Funk und Fernsehen kaputtgemacht worden sind, Bäcker gewesen sind, so ist das grotesk. Natürlich waren wir keine Bäcker, wir sind nur einfach gern von fünf Uhr morgens bis sechs am Abend in voller Bäckermontur in der Backstube gesessen. Dort war immer schlechte Stimmung und das hat uns fasziniert. Am schönsten war's immer, wenn Pääivi Väähälen durchdrehte und uns gegen die Wand schmiß, bis wir leise aus dem Kopf bluteten. Wir denken heute noch gerne daran zurück.

Jeden Tag Punkt 18 Uhr zogen wir uns um, hinkten glücklich aus der Backstube und gingen ins Lichtspieltheater.

Wir lieben diesen Ausdruck. Lichtspieltheater – was für ein Wort für einen Ort, an dem es immer dunkel ist. Wir waren so richtige Kinofreaks. Jeden Tag schauten wir uns ein anderes an, machten uns Notizen über Bausubstanz, Statik und Inneneinrichtung. Mit einem Zentimeterband maßen wir alles ab, fotografierten die sanitären Einrichtungen, verglichen die Anzahl der Sitze mit der in anderen Kinosälen und kurz bevor der Film anfing, verließen wir beseelt das Lichtspieltheater. Wir waren Kinofreaks, die Filme waren uns scheißegal. Nach Einbruch der Dunkelheit – wir lieben diese Redewendung „Einbruch der Dunkelheit", weil sie so kriminell klingt. Übrigens auch sehr gut sind Gänsefüßchen. Die besten Gänsefüßchen sind die, die man nicht begreifen kann. Einige Beispiele: Knalleffekt „im" Sensationsprozeß. Oder: Verbrecher Toni Vegas riß alten Frauen Handtaschen „weg".

Des Nachts jedenfalls betätigten wir uns damals als Hundefänger. Wir waren richtig gut. Meistens war's so, daß „Stermann" schmiß und „Grissemann" fing. Begonnen haben wir mit dünnen Hunden und einem Abstand von vier Metern. Im Laufe der Zeit steigerten wir uns. Am besten übrigens kann man Pudel werfen und fangen. Für Hundefängeranfänger ist der Pudel ideal. Heute könnten wir, wenn wir wollten, problemlos einen ausgewachsenen Rottweiler 300 Kilometer weit werfen und fangen.

Vielleicht machen wir's mal wieder, aber vorher lassen wir uns noch ordentlich von Funk und Fernsehen kaputtmachen.

Als wir noch nicht von Funk und Fernsehen kaputtgemacht worden sind,

da waren wir an den Rollstuhl gefesselt. An den Rollstuhl des Hausmeisters. Jeder war an einen Reifen gefesselt. Wenn der Hausmeister dann mit seinem elektrischen Rollstuhl losfuhr, tat das höllisch weh, aber wir ließen uns nichts anmerken, wir wollten nicht behindertenfeindlich wirken. Blutüberströmt und mit den Nerven am Ende warteten wir sehnsüchtig darauf, daß er stehenblieb. Leider blieb er damals sehr selten stehen, denn er trainierte für die Special Olympics, für die Marathondisziplin.

Gegen 20 Uhr kettete er uns los und wünschte uns höflich einen guten Abend. Wir versuchten das Beste aus dem Rest des tages zu machen. Wir gingen, obwohl uns das Fleisch aus der aufgeplatzten Haut hing und Reifenspuren quer über die offenen Wunden liefen, noch ein gemütliches Bier trinken und 2,3 Runden Biliard spielen.

Überflüssig zu erwähnen, daß uns ins diesem Zustand selbstverständlich kein Gasthaus und erst recht kein Billardcenter reingelassen haben. Mit anderen Worten: Wir haben nie ein gemütliches Bier getrunken und auch nie 2,3 Runden Billard gespielt. In Wahrheit war es so, daß uns der Hausmeister nach dem Abketten mit Bier überschüttet hat und uns mit 2,3 gigantischen Billiardqueues in die Küche prügelte, um uns dort an den glühenden Toaster zu ketten. Wir konnten nachts wegen der starken Verbrennungen an unseren Händen kaum schlafen. Das machte den Hausmeister regelmäßig wütend, daß wir morgens immer so unausgeschlafen waren. Um uns zu disziplinieren, kettete er uns jeden Morgen an den 6. 17-Uhr-Zug Wien–Basel–Wien, von seinem Behindertenabteil winkte er uns fröhlich zu. Oft fragten wir uns, warum wir das alles mit uns machen ließen. Nun, es lag wohl daran, daß damals der Hausmeister der einzige Mensch in unserem Umfeld war, der uns einigermaßen nett behandelte, und wir wollten diese Freundschaft nicht durch unnötige Kritik aufs Spiel setzen. Wir hätten durch Widerworte wahrscheinlich auch die gemeinsamen Spielnachmittage gefährdet. Das hübscheste war das Würfelspiel. Alles, was man, laut unserem Hausmeister, dafür braucht, ist ein Würfel und eine Eisenstange. Einer, in unserem Fall jedesmal der Hausmeister, hat eine Eisenstange, und die anderen, also wir, haben einen Würfel. Würfelten wir zum Beispiel eine 4, schlug uns der Hausmeister vier mal mit der Eisenstange in „unsere blöde Fresse", wie er es reichlich uncharmant ausdrückte. Aber so war er nun mal: rauhe Schale, rauher Kern.

Der traurigste Tag in unserem Leben war der Tag, an dem unser Hausmeister starb. Es war ein schrecklicher Tod. Der Tag hatte ganz harmonisch begonnen. Er hatte uns angekettet, unsere Hände verbrannt und wollte wieder würfeln, dieser verspielte Lausbub. Wir würfelten eine 6 nach der anderen, und der arme Teufel hatte alle Hände voll zu tun, uns in unsere blöden Fressen zu schlagen. Er wirbelte mit der Eisenstange, daß es eine Art hatte. Unser Blut spritzte, daß es eine Freude war. Doch dann passierte das Unfaßbare. Der arme Kerl hatte wohl mit der Stange zu kräftig ausgeholt. Er fiel aus dem Rollstuhl und ertrank kurze Zeit später in unserer Blutlache.

Wir konnten nichts tun, wir waren ja festgekettet. Bis heute verzeihen wir uns nicht, daß der freundliche Hausmeister wegen uns gestorben ist.

Als wir noch nicht von Funk und Fernsehen kaputtgemacht worden sind,

spielten wir in tschechischen Kinderfilmen untergeordnete Rollen. Meistens wurden wir als Magd eingesetzt. Der Regisseur zog uns Schürzen an und flechtete uns Zöpfchen, in die Hände bekamen wir kleine Strohkörbchen. Man sah uns in all den Jahrzehnten nur einmal ganz kurz im Hintergrund eines Zeichentrickfilms. Wir liebten Zeichentrickfilme, vor allem pornographische Zeichentrickfilme, die nicht gezeichnet waren, sondern echt. In den Drehpausen standen wir oft mit unseren Körbchen, Zöpfchen und Schürzchen vor einem kleinen Schwarzweißfernseher in der Statistengarderobe und guckten Porno zusammen mit Pan Tau.

Pan Tau war es auch, der uns auf die Idee brachte, europäische Haustiere in exotische Länder zu schmuggeln. Er, Tau, schmuggle schon seit Jahren Pudel nach Madagaskar und Hamster nach Sri Lanka und er habe sich damit eine goldene Nase verdient. Und tatsächlich, seine Nase war aus echtem Gold. Wir bewunderten ihn, winkten aber ab und sagten: „Nee, du, laß mal, ist keine so gute Idee, wir möchten lieber hier mit unseren Zöpfen und Schürzen Porno gucken, nee, du." Die Sache war uns einfach zu heiß. Wir blieben beim Film und bewarben uns bei einem Dokumentarfilm über neue japanische Computertechnologien, dort konnten sie aber angeblich keine männlichen Märchenmägdedarsteller brauchen. Damit hatte niemand rechnen können.

Wir verließen die CSSR wutentbrannt und legten einen Zahn zu. Wir hatten also jetzt 33. 33 kleine gelbe Beißerchen. Und der Neue war ein ganz besonders steiler Zahn, den wir an Pornoproduktionen vermieteten, davon konnten wir ganz gut leben. Mit dieser Frau im Mund hatten wir einmal im Monat Zahnfleischbluten. Damit es nicht auffällt, tranken wir damals viel Tomatensaft.

Während sie Karriere machte, wurden wir immer einsamer und geselliger. Vielleicht arbeiten wir irgendwann mal wieder als Mägde in tschechischen Märchenfilmen, aber vorher lassen wir uns noch ordentlich von Funk und Fersehen kaputtmachen.

Als wir noch nicht von Funk und Fernsehen kaputtgemacht worden waren,

da waren wir große Anhänger der Theorie: Reserviert-Schildchen auf Gasthaustischen ruinieren das Wohlbefinden auf Dauer. Auch der Theorie: „Bei häufigen Bordellbesuchen verpufft das Geld" verdanken wir viele wertvolle Diskussionen. Wir waren echte Theoretiker. Wir philosophierten viel: zum Beispiel, wie die Tussi wieder scharf aussieht und wie man Rudi untern Tisch saufen kann. Wir fühlten uns als intellektuelle Elite damals: Wir prügelten uns in Bahnhofskneipen und hatten viel Vergnügen daran, in Scherzartikelläden zu kotzen. „Kleiner Scherz", sagten wir dann. „Sie haben doch sicher Verständnis dafür!"

Rudi war unser Lehrmeister. Er verstand es meisterhaft, die Aufmerksamkeit interessanter Leute auf sich zu ziehen. Rudi konnte zum Beispiel mit geschlossenen Augen, mit der bloßen Zunge am Reifenprofil die Automarke erkennen. Noch begeisterter waren wir, wenn Rudi mit geschlossenen Augen nur mit der Zunge die Dioptrinstärke von Brillen älterer Herren bestimmen konnte. Unsere Ausflüge ins Seniorenheim waren Legende. Es gab praktisch nichts, was er mit seiner stark belegten Zunge nicht erkennen konnte. Das Alter eines Kindes, die Bildschärfe eines TV-Gerätes und ob die Mandeln eines Menschen so entzündet waren, daß sie operiert werden mußten.

Beinahe hätte Rudi ziemlich berühmt werden können. Er hatte sich bei „Wetten, daß..." beworben mit einer seiner einfachsten Übungen. Todsichere Wette. Er wollte mit geschlossenen Augen, nur mit der Zunge 10 Nachrichtensprecher erkennen. Leider kam es nie zu diesem Experiment, denn als Rudi am Vortag im Hotel die Voltstärke seines Rasierapparates mit der Zunge rausfinden wollte, starb er. Für uns galt es nun, ohne Lehrmeister auszukommen. Seine Zunge tragen wir noch heute in einem kleinen Herrenhandtäschchen mit uns herum. Halten Sie uns für pervers, aber noch heute geben wir Rudis Zunge jede Nacht einen Zungenkuß.

Als wir noch nicht von Funk und Fernsehen kaputtgemacht worden sind,

arbeiteten wir jahrelang an der Entwicklung eines Eiskastens, in dem man auch backen kann. Wir verzweifelten nach 6 Jahren intensiver Bastelei und nervenzerfetzender Diskussion an der scheinbaren Unmöglichkeit dieses Unterfangens. 3 Tage nach dem offiziellen Ende unserer Bemühungen präsentierte unser Pfarrer auf der Elektronikmesse den sogenannten Eisofen, ein simples Gerät, in dem man gleichzeitig backen und Lebensmittel kühl halten kann. Der Pfarrer war ein Genie: Er erfand nicht nur den Eisofen, sondern auch den Flugzug, die dunkle Lampe, die in zu hellen Räumen Dunkelheit schafft, und die weltberühmte Schuheinlage, die einen kleiner macht. Auf diese Weise sehr reich geworden, beschloß der Pfarrer, sich zurückzuziehen. Er entwickelte eine Maschine, die ihn ununterbrochen nach hinten zieht. Nach unseren Berechnungen dürfte er sich zur Zeit durch Australien ziehen lassen. Wir haben nie wieder etwas von ihm gehört, mal abgesehen von der Tatsache, daß wir täglich mehrmals mit ihm telefonieren und in heftigem Briefwechsel stehen. Wir besuchen ihn auch, so oft wir können, aber sonst haben wir nie wieder etwas von ihm gehört. Es ist schon traurig, wie Beziehungen auseinandergehen, wenn nichts anderes mehr bleibt als extremes Interesse für den anderen, massives sexuelles Interesse und große Anteilnahme. Wenn man praktisch verschmilzt zu einer Einheit, das ist schon traurig, kalt und einsam, aber gut, es gibt noch andere Dinge im Leben, zum Beispiel Enttäuschung, Wut und Haß, an diesen 3 Säulen kann man sich immer aufrichten.

Wir bekamen damals einen neuen Pfarrer in unserem Dorf. Er war Kriegsverbrecher und Tierquäler, aber sonst eigentlich ganz okay. Ein brutaler Menschenfeind, mit dem man sich prima unterhalten konnte. Schnell fanden wir einen gemeinsamen Nenner: die Liebe zu Wachsfiguren. Der Pfarrer fertigte eine Wachsfigur von unsererm Bademeisters an. Leider sah sie dem Bademeister überhaupt nicht ähnlich, sondern sie sah aus wie Adolf Hitler, was uns bestürzte. Wir sahen fortan unseren blonden, langhaarigen Hippibademeister mit ganz anderen Augen an und kamen immer mit Schäferhunden ins Schwimmbad. Das sollte auch unserem Leben eine positive Wendung geben. Durch die Beschäftigung mit den Schäferhunden kamen wir auf eine Idee: Für Blinde gab es eigene Blindenhunde, für Sehende aber gab es nichts Besonderes hundemäßig. Das war die Marktlücke, die uns Dollarzeichen in die Augen schießen ließ. Wir begannen mit der Züchtung von See-Hunden. Pro Tag verkauften wir etwa 12 Millionen Köter. Das viele Geld nutzten wir für einen guten Zweck. Wir unterstützten uns selbst. Wir kauften uns die Rechte an dem Eisofen. Blöderweise funktioniert das Ding nicht. Noch heute sind wir in blauen Arbeitskitteln dabei, herumzubasteln und stundenlange Diskussionen zu führen, damit das Scheißding endlich grillt und friert zugleich. Na ja, vielleicht werden wir irgendwann mal wieder schlechte Wachsfiguren bestaunen, aber vorher lassen wir uns noch ordentlich von Funk und Fernsehen kaputtmachen.

Als wir noch nicht von Funk und Fernsehen kaputtgemacht worden sind

waren wir Straßenkartenmaler. Jeden Sonntag tauchten wir die Straßenkarten in ein Tintenfaß und malten mit ihnen die schönsten Bilder. Unser Lieblingsmotiv waren Männer mit Schuppenflechte, wenn uns dieses Motiv langweilig wurde, malten wir die Herren der Schöpfung mit Psoriasis. So war immer was los sonntags.

Unsere Bilder fanden Anklang, und zwar in keiner beschissenen Galerie dieses Landes. Erst als wir begannen, Epileptikerinnen zu porträtieren, erzielten wir keinen nennenswerten Erfolg, obwohl es doch so schwer ist, Epileptikerinnen zu zeichnen, halten sie doch nie still. So wurden wir zu Kulturpessimisten und wollten etwas ganz anderes einschlagen, vor allem die Zähne von Kulturschaffenden. Wir waren so gut drauf damals, wir hatten so viel negative Energie in uns, das wir ohne Dunkelkammer Fotos entwickeln konnten. Wie es der Zufall so wollte, lernten wir niemanden kennen, der uns weiterhalf, und wie durch ein Wunder traten wir auf der Stelle, aber als wir schon jede Hoffnung aufgegeben hatten, da passierte auch nichts. Wir hatten die tollsten Träume damals, wir träumten, daß uns einer nachläuft und irgendwo runterschmeißt. Wir standen damals unter einem enormen Druck. Es war eine riesengroße Lithographie, die über uns an der Wand hing. Darauf stand geschrieben: „Wenn ihr Geld und einen guten Job braucht, ruft mich an, euer Onkel." Onkel Jet Set Shatterhat, wir hatten ihn völlig vergessen. Wir riefen ihn sofort an, er vermachte uns eine Firma. Die Firma „Schwindel", sie stellte Etiketten her. Stolz meldeten wir uns am Telefon, wie es sich gehört, mit: „Etiketten Schwindel!" Das Geschäft ging relativ gut, aber doch so schlecht, daß wir ständig Hunger hatten. So wurden wir Wirtschaftspessimisten, was so viel hieß wie, daß wir sehr pessimistisch waren, wenns darum ging, daß wir in einer Wirtschaft was zu essen kriegen, ohne Geld. In unserer Wut entsorgten wir ....

Die geheimen Tagebücher von Dieter Bohlen und Verona Feldbusch

(Heft 1)

Mönchen, 1. 10. 98

Volles Jucken inner Fresse und so oder so wegen dem Rasieren oder so oder was ne. A. Verona schnarcht volle Kanne oder so ne und ä wenn se wach wird oder so ne dann muß ich mich tierisch um den Feldbusch wieder kümmern und so ne. Wird voll viel Action oder so. Geil e!

München 1. 10. Oktober

Lieber Tagebuch! Dieter schnarchst noch. Meinen Feldbusch juckt tierisch weil das rasieren. Den Dieter sein geschnarchse ist total süß und macht mir ganz scharf. Werde heute Abend Gästin sein bei ein Abendessen vom Thomas den Dieter sein Schwuchtelkumpel. Eklig aber voll süßer!

Mönchen, 2. 10. 98

Bo Schluß jetz oder so mir kommte Kotzen oder was oder so! Polier allen alle Fressen oder so! Thomas dieses Noraarschloch und so ne sacht mir doch tierisch eins rein und so, daß meine Matte, daß meine schönen blonden Haare voll und so die Arschlochhaare sind oder was voll scheiß Haare oder so! Beim Abendessen oder so sagt die Norasau oder so mir mitten in die Fresse und so ja „Dieter" ne und so „deine Haare oder was ne sind voll scheiße oder wie" sacht die blöde Sau oder so ne und bo eh oder so oder so ich mach jetzt oder was mach ichn jetz oder wie überhaupt ne mit Scheißmatte im nächsten Video oder wie ne ne. Ne nene den Scheiß nene ne oder was nie nie ich kotz auf die Welt oder was bo und so oder du scheiß Tagebucharschloch und so ne un nu jetz fick ich mich erst mal ins Knie!

München 2. 10. Oktober

Voll gemein von den Thomas! Der Didi ist voll am geflennen. Auch das geficken war voll von den heulen heute. Was wurde passiert, lieber Tagebuch? Den Thomas hat zu der Dieter gesagt „Deinen blondes Mittelscheitel ist voll doof. Wie ein Feldbusch von irgendeine Frisörtuss!" Das wurde voll so gemeinheit! Jetzt ist ich gefragt, ihn helfen wegen den Bohlenhaars. Wenn ich nicht den Tag bevor heute mein Feldbusch rasiert wäre dann könnte meine Feldbuschhaare voll süß auf sein Kopf kleben! Armen Dieter.

(Heft 2)

12. 10. 98, Mönchen

Ich kack und kotz gleich oder hab oder so oder bo eh. Ich scheiß jetzt voll aufs Heiraten und so ne aber, aber so'n super Überbeschißkackkotz oder so ne hab ich noch nie oder was oder wie erlebt oder so und so ne Verona oder so ne! Ne, sagt die einfach ne und so und wenn ich sag oder so „wir heiraten Puppe" oder so bo ne. Voll mega die super tierische voll abgekotzte und so!

12. 10. Oktober München

Ich bin gestern mit Dieter elfmal geficken. Total süß die geficken waren gewesen. Dann habt Dieter mir gefragen gestellt wie ob ich seine Hand anhalten kann. Wie was? Nichts verstanden, dann geficken. Mein Feldbusch schlafen, süß. Dieter sagt er will die Ehe. Wenn ich die Schlampe in die Händen kriege! Ich hat gebrüllt: Ne, die kriegste nur unter meine Leichen!

13. 10. 98, Mönchen

A ich kotz die ganze Bude ab e. Verona oder so ne is total megaheiße Puppe und so ne aber voll die eifersüchtige scharfe Braut und so ne bo eh. Auf wen schnall ich nicht oder so! A, hab voll umsonst den kotzscheißkack Ehering gekauft oder was oder wie oder was ne. 80.000 Mark und so ne ich kotz den voll oder was ne ich kotz bald ganz Arschlochmajorka voll oder was und so ne Arschloch!

13. 10. Oktober München

Den Dieter ist immer so schlecht um den Magen. Ich mach mir Sorgen machen um den seine kranke Gesundheit. Total süß den Ring für meinen Hand! Dieter wollen mich geheiratet aber ich will auch also geht nicht. Ich habe eine selbständige Frau, kannst mich um meinen Feldbusch ganz allein kümmert! Brauche nicht niemanden Mann so. Das war mir klar gewest. Tschüs, ich geh jetzt meinem Feldbusch bürsten!

(Heft 3)

Mönchen, 19. 10. 98

Bo eh voll den mega kack Streß mit Naddel und so ne und dann noch diese ganze kack Klaviermusik während ich schreibe im Hintergrund was. Alles nur wegen dem Rumgemache mit der Feldbusch und so und nu oder was wie soll ich hier ey wie soll ich bo ey wie erklären oder was ihr das ne und so voll ey. Voll e die kotz kack Megastreß Arschloch bo voll die saure ne die ne Naddel oder was ne wegen dem andern Weib ey oder so ne bo ey und so!

München 19. 10. Oktober

Lieber Tagebuch! Den Dieter ihre Ex, die wo mit dem dir vorher bevor ich zusammen geficken, die wo da Naddel heißt und wo mit ihrem Namen ist, ist voll die eifersüchtige gehabt. Wegen dem mir mit den Dieter immer rumgeficken, von wegen dem er mit meinem Feldbusch immer so gern fönt, war die jetzt sauer gehabt wie ich mit der Dieter gesegt habt! Ich kann sie so gut verstanden wegen dem Männern, die immer nur stets mit den andern Frauen im Bett geschlafen habens Naddel!

Mönchen, 20. 10. 98

Bo Mist Scheiß oder was wie ne Naddel oder was ne hat mir oder wie meinen goldenen Zahnputzbecher voll bo eh voll vor die Badezimmertür gestellt oder was ne mega zum Abkotzen ey. Und meine Zähne oder was, voll die gelben ne, die werden voll gelb oder was ne ey und so und wie ist das dann voll mit gelben Zähnen im nächsten Video oder was bo ey Arschloch ey! Voll am stinken aus m Maul oder wie nur wegen der ihren megakotzigen voll Eifersucht oder was und so und wie bo eh ey voll kotz ey ich kotz die alle voll ey wenn ich oder so voll aus dem Maul stink oder was wegen der alten ey?

München 20. 10. Oktober

Igitt! Dem Dieter sein Mund war voll gerochen wie ein Iltis aus den Mund! Total gelber Zahne, lieber Tagebuch! Da hat ich den Dieter aber mal gesagt „Dieter! Mit so einen riechen will ich nicht geküssen mit dich auf mein Mund und schon garnicht geficken!" Den Dieter hat gehängt in den Zahn auch noch eine Gurkenstück! Grün in Mund, nein halt! Wenn dem Dieter uns nicht den Mund und den Zahn pflegt tut dann wird es bald aus gehabt sein mit den lieben mit ihn und ich!

Mönchen 21. 10. 98

Ey! Supermega Vollgekotze! Die eine alte und so wirft mich voll mega raus und so und die andere oder so will mich nicht mehr voll oder was an sie ranlassen und so weil ich voll am stinken bin oder was aus dem Maul oder wie. Wixe, voll das Abgekacke jetzt ne nix als Ärger bo ich geh da bald da voll nach Majorka voll kotzen und so mit den Weibern oder was ne und dann oder so hab ich auch noch so einen voll ekligen scheiß Geschmack im Maul oder so daß ich und so voll loskotzen könnte ey voll widerliche Megakacke für n Popstar aus n Maul stinken nach Kotze oder was ne du ey. Treff heute Abend oder so Verona oder was, muß mir da vorher was einfallen lassen wegen daß sie nicht mega abkotzt wegen meinem Gestank ey.

München 21. 10. Oktober

Süß den Dieter! Holte mich der doch eben abgeholt für eine Abendessen in den Achtsternenrestauront mit die vielen Haube Köcher. Bei den angeklingle an meiner Türschild haste ich zuerst gedenkt ihm sein Maul gestinke wegen muß ich sofort ins los gebrechen fallen. Aber dann sahte ich ihn durchs Türschlitz mit dem seinen Motoraddings da das der Dieter über sein Kopf auf den Kopf angezieht bei dem wenn er mit sein Motorrad losgefährt. Helm! Seinem Helm, genau lieber Tagebuch, dem Dieter hatte gehabt den Helm auf ihren Kopf das es nicht so aus am stinken riecht! Voll süß und lecker in den Hauben essen. Ich glaubte ich liebe ihm doch! Dann eben endlich wieder geficken, endlich wieder geficken mit den sein Helm. Voll scharf! Glücklich rüft: „Verona tschuß!"

(Heft 4)

29. 10. 98, Mönchen

Boa ey! Superarschloch Morgen und so ne, voll der Arschloch Abkackweltsparkotztag morgen und so oder so ne ne, ba ne äh ne und so wa ne. Muß jetzt voll die mega Scheißdreckkohle oder was und so auf die Bank oder was tragen und so oder wie wegen Weltspar-Megakacktag oder was! Bo ich kotz den so die scheiß Bank voll oder was! Der Arschlochbankbeamte oder wie, der kriegt voll die mega Bohlenkotze in die Fresse gerotzt oder so ey aber volle ey echt ey! Scheiß Kohle, viel zu viel und so ne, kotz voll die Kohle voll oder was ah Wald ey.

29. 10. Oktober München

So eine Mist! Total unsüße Ärger! Den Dieter seiner Geld tut das Dieter doch immer voll süß versteckt in einen Verstecke. Den Dieter seine Geldversteckt ist voll süß. Zum Beispiel in seinen Gitarre steckt ganz vieler Scheine, in dem Thomas hinten auch. In den Thomas hinten hat der Dieter ganz viel süß reingesteckt. Lieber Tagebuch, nach dem geficken heute am morgens hat den Knuddeldieter voll die Millions in mein Feldbusch vergraben. Jetzt bin ich den Dieter voll sein süßes Sparschwein!

30. 10., Mönchen

Boa ey ich bin voll auf 180 oder so oder was ne, voll die Arschloch mega kack kotz Abrechnung gemacht oder so ne und ey voll abgekotzt oder so ne, weil nämlich in der Buchhaltung oder so ne mega 8 Millionen fehlen oder was! Wo ist die Arschlochkohle ey oder was und so ey? Voll am flennen gewesen ich oder so ne, voll die Naddel angekotzt oder so ne, ob die alte kack Puppe vielleicht wieder die Bohlenkröten gefressen hat oder was oder so und so ne, nee. Es gibt nur noch eine kack Möglichkeit oder was. Vielleicht hab ich Megaarschloch nach n Poppen die Knete in Veronas Feldbusch gesteckt oder was, bo ey eins ne. Echt ey! Ich kotz bald ganz Europa voll oder was!

30. 10. Oktober München

Voll der geile ich nach n poppen mit n Dieter! Endlich ist den Dieter glücklich war. Beim geficken hat den Dieter supersüß ganz ganz vielen Kröten aus mein Feldbusch rausgezogen. Eklig, so ein Gekröte im Feldbusch. Quak quak, lieber Tagebuch! Jetzt wird alles gut gewesen werden sein.

(Heft 5)

Mönchen, 1. 11. 98

Boar ey! Voll am dampfen und so ich oder so ne, voll den mega streß Abkackscheiß und so heute oder was ne! Boa ey voll am abkotzen oder so wegen dem Thomasarschloch oder so ne! Heute ne oder so ne oder wo so ne da oder was und da ruft die Sau an oder so ne, will voll die mega Abkochfresserei heute hier und so bei mir oder so oder was ne. Ich hier bei mir oder was als Oberkocharschloch? Ich kotz gleich ey! Will der zu mir ja mit seiner Nora oder was ne voll zum Abendessen und so ne. Wie denn ey? Ich kann doch voll nur die Bohlenbohnen oder was kochen ey, voll zum abkotzen ey und mega furzen dann oder was oder so!

München 1. 11. Nowember

Lieber Tagebuch! Heute wieder Veronas Welt aufgezeichnen. Bin noch ganz naß von den Schweißen wegen die Lichterlampen der was notwendig ist für den drehen. Total mir feucht überall, ich dusch jetzt gleich mal süß unter die Brausen. Den Dieter ist gekocht heute, wir kommen allen den Thomas den Naddel den Nora und mich. Uns allen geht essen zu Dieter, hm leck! Ein Hoffnung hab ich hoffe hoffentlich gekocht den Dieter nicht wieder Gebohne, sonst gestinkt er mir wieder auf den Feldbusch während das geficken!

Mönchen, 1. 11. 98

So. Ich kotz jetzt alle Pfannen voll und so. Mach voll megageil die Bohlenpfannensuperkotztour 98 oder was und so ne. Voll die super Scheiße und so oder so. Ich oder was ne und so hau voll die Megaabkotzbohnen oder was ne ins Supermegaabkackarschlochwasser und so ne. Voll die Scheiße dann passiert oder so ne. Voll abgebrannt die Arschlochbohnen oder was und jetzt? Und jetzt oder was, nur weil ich und so nicht voll den mega Aufpasser gemacht hab ne, voll vergessen ne auf den Scheiß und so ne wegen dem mega Naddelgebumse ne, voll die Arschloch Superscheiße jetzt ne und gleich ne, gleich oder was ne da klingeln die Arschgeigen oder so ne und gibt nix oder was! Ich kotz den voll die Teller voll dann ham sie was zu fressen!

München 1. 11. Nowember (Spät Abends)

So kennte ich dem Dieter nicht und niemand auch nicht. Den Bohlenbohnen ist nicht gut geklappt. Die sind total am verbrennt gewesen und konnte man auf keinen Fall nicht gegessen wirst. Ba eklig! Den Dieter hat geflennen, dann voll am ausgerastete! Den armer Thomas und sein

Nora, was müssen gedenkt die! Die Dieter hast gebrochen über die Teller von das beide, hat gestinken und gerocht wie Erbrochenen, war ja auch! Um 10 bin ich aufgesteht fast aufgesprangen, hab mein Feldbusch eingepacken und bin weggerennen. So nie mit mich möchte ich nicht! Wenn den Dieter was über mir liegt muß er mich sich verzeihen entschuldigt!

(Heft 6)

Mönchen, 9. November 1998

Voll auf Urlaub gewesen oder was voll die Hitze und so in Majorka oder was und so ne voll die megasuper Kiste und so aber jetzt hier oder was voll die Abkotzkacke voll am dampfen und so oder was wegen dem Riechkolben von Verona oder was, die mega Vollverstopfung im Rüssel die und so ne, voll am rumschneuzen die Alte von wegen Nase voll oder was, total uncoole Kacke hier ey am dampfen total ey ich könnt total voll abkotzen oder was ja wegen der mit ihrer roten Schneuzrübe oder was mitten in der Fresse! Ne du.

München 9. 11. November

Lieber Tagebuch! Vor sex Monate einen halben Jahr hab ich mich mir meine Nase wird umoperieren geworden. Total süßes kleines Nase jetzt, so schöner als wie von ein römisches Statutenkopf von ein Denkenmal, nur funzkioniert nicht! So am besser wegen dem warum die das den Rotz nicht rausgekommen gewollte, obwohl schneuz. Den Dieter ist gehabt sauer war weil wegen ich immer falsch genast. Dieter willte mir mein Feldbusch schneuzen. Süß aber sauer den Dieter!

Mönchen, 1. 11. 98

Ich kotz der Oberkackwelt gleich den ganzen Kosmos voll oder was. Die Puppe oder was ja kriegt voll das Arschloch schneuzen nich mehr hin oder wie und so ey! Die Alte ist bis oben oder was voll mit Rotz und so voll mega kack abgefahren dieser Megaschnupfenrotz und was ne is voll der Antiarschlochabkackhit ey! Voll am flennen gewesen ich oder so weil bei der Alten und so nix mehr megamäßig durchrinnt oder was. Boa eh. Ich knall der bald einen vor den Latz oder was!

München 10. 11. November

Lieber Tagebuch! Ich hast Angst vor wegen der Dieter, er ist so assegriv! Er wird mir geprügelt wollen, weil ich nur durch mein Feldbusch schneuzen kannen. Mir selbst, ich sind den ganzen allen voll peinlich. Dem Rotz, daß dem nie nicht keinmal aus den süßen Nase rausgefließt und abgeschnuzt! Doofen Nasenotteraption von die neues Nase! Hoffentlich hoffe ich, daß ich mir bald die kranke Gesundheit wieder in die Ordnung geholt hast wollen. Tschüüs!

(Heft 7)

Mönchen, 23. 11. 98

Voll die Megakacke am dampfen und so wegen der superscharfen Alten ihrem Abkackgeschenk oder was für Arschlochweihnachten und so ja. Voll am hyperrätseln ich oder was oder so wegen dem Megaabkotzscheißgeschenk, voll am flennen gewesen oder was ich schon oder wie ja, die megablöde Dumpfkuhsau interessiert sich doch für nix und so oder was! Nur so für Latex-Scheiß und Lack-Kack oder was! Hat sie doch schon 100.000 Megakotzabkackkleider! Blöde Kacke das oder was! Ich kauf der blöden Kotztüte ne Kotztüte oder was, die soll mal schön so blöde Kuhauge unterm Baum machen oder wie! Scheiß Weihnachten! Ich kotz der was untern Weihnachtsbaum!

München 23. 11. November

Lieber Tagebuch! Wie froh ich mir auf das heiliger Nacht! Bald geschließt ich jeden Tag ein Fenster zu in meiner Adventkalenden. So süß das Dieter willt mich voll süß geschenkten mit ein geschenkt. Was es sein gewesen ist wäre mich noch garnicht gewisst gewollt. Vielleicht den Minilack von Servace dem Naggi, dem totgeschießt total gemein in seiner Kopf in Mami in den ASU, den vereinigen Stätten von Imarika oder Erika? An 34. Dezerember, als ich dann den Geschenkt ausgeverpackt überm Baum und ich mir meine froh gefreute Vollfrohfreude ausgefreut hatte sein, dann wird bei Dieter voll die Latte sein und dann lieber Tagebuch muß geficken machen! Volle frohe Nacht die heiligen mit mein frohen Feldbusch!

(Heft 8)

Mönchen, 16. 12. 98

Boa ey! Ich ja voll am Sodbrennen oder was ja totale Megakacke oder wie ey ich voll am rülpsen wegen dem scheiß Megaabkotzfickdreckfressen in der Pommesbude oder was da gestern, da wo der Arschlochanders oder was ja da voll die scheiß fuck Autogrammstunde oder wie ausgemacht hat in Leipzig oder was da voll hinter dem eisernen Dingsda ey! Boey ich fast geflennt ey. Weil das da so voll scheiße war. Der Anders, der is ja wohl voll vor die Pumpe geflitzt oder was, so ne Scheiße auszumachen ey! Boar. Und ich oder was? Muß da voll den Grinser machen vor den Wixern in der Pommesbude oder wie und ständig mein „BOHLEN" auf die Autogrammkarten schreiben oder was, neee! Ich ja hab zu meinem Schwuchtelkumpel gesagt ja „Ey Thomas ey! Mach ich nich mehr oder was! Voll zu anstrengend, voll fürn Arsch! Ich nehm nur noch Vordrucke oder was und tu dann so oder was als würd ich meinen scheiß Bohlennamen draufkritzeln mit meiner Scheißklaue!" Morgen oder was hat der Pisskopf schon wieder einen Termin ausgemacht oder wie bei so'n kack gacker Hühnerrestaurant oder wie in Österreich oder was mitten im Wald bei Wien oder wie boh ey ich kotz den sowas die Bude voll aber voll!

München, 16. 12. Dezember

Lieber Tagebuch! Ich wirst entzuckt gewesen gewirst weil wegen den Dieter den mich mit ihn selbst mitgenommen hast zu ein total süßen Autorengrammstunde in den DDDR. In einen Restaurant hast den Dieter und den Schwuchtelthomas ihre Namens unter auf einen Karten geschrieben, beiden ihre beiden Namen, den Dieter Bohlen und den Schwuchtelthomas Anders, also nicht anders, sondern den hieß doch so Anders! Den Dieter hat total süß gesauert gewesen wegen dem daß den Schreiben von sein Bohlennamen so total angestrengt war. Ganz öfter mußte er schreiben, zehnmal oder vierzigmal oder hundertmal oder tausendmal oder fünfhundertmal BOHLEN mit den Schreiberkugel auf den Atorengrammzettel! Süß. Ich hatte ein roten Kleider an von Lars Kalafeld oder Karl Lederfalk wo total süß allen meinen Brüstenbusen so rauskommen. Die Männern wollten auch allen daß ich Autorengrammen gegeben habe hab ich eben auch überall BOHLEN draufgeschriebt! Da bin ich sehr stolzer gehabt. Total süß was ich mit den Dieter alles gerlebt!

Mönchen, 17.12.98

Totale Linke oder wie, war überhaupt nich in Wien oder was voll fürn Arschloch nach Wien geflogen oder wie ey! Sin jetz hier nur noch Megahyperabkotzvollidioten oder was oder wie um uns rum oder was? Dann voll zurückgeflogen nach München ey, so'n Hals ich ja, fast geflennt vor kotzen oder was! Und dann da hier überall voll die Hühner an der Wand oder was nur Hühner ein Huhn nochn Huhn ey das war das totale Hühnerding ey! Aber voll ey. Und dann ey is mitten in der Autogrammstunde und so auch noch voll deren Chef oder was gestorben boa ey scheiß Tag oder was. Und wir oder wie? Sitzen da voll am Bohlen- und Andersschreiben und dann stirbt deren Koch ey oder was? Boar ey. Ich ja dann voll am Flennen gewesen, vor den Leuten ey zum kotzen, super uncool! Dem scheiß Anders dann voll eins auf die Mütze gegeben! Und der Feldbusch, der fahr ich auch noch mal voll über ihren Feldbusch ey! Ich oder was, heulen oder wie? Ha. Megadampfscheiße.

München, 17.12. Dezember

Lieber Tagebuch! Ich bin ergreift und beschüttert, total trauerig ist den Tag gewest in ein Wienerwürstchenwald. Erst total gemein falsch gefliegt nach Wien, dann zurückgefliegt nach München, dann erst mal lecker Hähner gegesst in den richtigen Restaurationsgastraststatt. Dann habte ich den Dieter meinen Filzstifte geausgeleiht für sein Namen zum auf die Zettel bei den Autorengrammstunde zum draufschreiben. Und dann, lieber Tagebuch, kam den Kellnerinfrau und sagt, den Turnvater Jahn ist von uns gegangen. „Wohin?" hat ich noch fragte. „In der Himmel", sagt die Kellnerinfrau. Da hat den Dieter total süß zum flennen losgeheulte. Und dann, weil ihm so traurig gewar, hatte den Dieter noch den Thomas voll eins auf die Rübe geschlug, weil ihm so flennen war! Ich bin auch gleich wenn ich noch darüber daran gedacht hatte ein Kloß im Hals. Nein, heute war das ist kein süßer Tagen gehabt. Guter Nacht!

Die unveröffentlichten Tagebücher von Dolezal und Rossacher

27. 4. 1979, LA., Bel Air Hotel

Dolezal massiert im Nebenzimmer Frank Zappa die Füße. Zappa glaubt noch immer, daß wir ein Video von ihm drehen können. Er weiß nicht, daß wir vom Filmedrehen überhaupt keine Ahnung haben und seit Jahren von den Dolezal-Rossacher-Imitatoren Dechatshofer und Burböck gedoubelt werden. Ich werde langsam nervös. Burböck kommt und kommt nicht. Dolezals Imitator ist schon da, wieder mal typisch, Dolezal hat immer die besseren Imitatoren! Wo bleibt mein Imitator Burböck nur? Wenn er kommt, geht's sofort los. Hoffentlich können wir Zappa bis dahin mit Akupunktur hinhalten! Muß dringend Burböck anrufen.

4. 8. 82, London

Streit mit Dolezals Imitator Dechatshofer, der mich für Burböck hält. Dolezal könnte die Sache aufklären, hat aber wieder ein neues Sakko kennengelernt. Dolezals Sakkogeschichten gehen mir langsam auf den Geist! Burböck möchte nach dem Bowie-Dreh von mir Akupunktur lernen, um mich dann ganz zu ersetzen. Die Sache wird langsam gefährlich, muß mir dringend einen neuen Rossacher-Imitator suchen!

13. 11. 84, Mailand

Katastrophe! Dolezal und sein Imitator Dechatshofer sind gemeinsam zum Nanini-Dreh gegangen, so ein Fehler darf einfach nicht passieren! Wahrscheinlich fliegt das Ganze jetzt auf, und wir werden wieder Akupunkteure. Ich kann nicht mehr. Probleme auch mit meinem neuen Imitator, er spricht kein Deutsch. Aber egal, Interviews gibt eh immer nur Dolezal beziehungsweise Dechatshofer. Mir ist langweilig allein im Hotel. Dolezal probiert wieder

Sakkos an und behauptet neuerdings, daß aus den Resten von Michael Jacksons Gesichtsoperationen Lionel Richie gemacht worden ist. Mir ist schlecht.

19. 7. 89, New York

Mein Gott, wer bin ich eigentlich? Lange halt' ich das Versteckspiel nicht mehr aus. Dolezal wird immer öfter mit Kleopatra verwechselt. Ich selbst habe gestern vier Stunden lang geglaubt, ich sei David Hasselhoff! Das ganze Zimmer ist voll mit Sakkos, ich bin am Ende. In der Früh bei der Polizei gewesen, Gegenüberstellung. Zappa, Bowie, Turner und Nanini waren da und alle unsere Imitatoren. Auch Burböck, das Schwein! Zappa, Bowie, Turner und Nanini haben Dolezal und mich nicht als Dolezal/Rossacher identifizieren können! Werden morgen ausgeliefert. Fax an X-Large unterwegs. Müssen unsere Namen ändern, schlage vor: Torpedo Twins.

Die geheimen Tagebücher des James Last

James Last, der graumelierte Herr, den wir alle kennen und schätzen als Bandleader einer stinkfaden Kapelle, dieser nette ältere Herr mit dem blonden Bart, dieses Abbild eines Orchesterspießers, dieses Symbol deutscher Orchesterscheiße, er ist gar nicht der Schnarchkopf, der er vorgibt zu sein. Nein, die geheimen Tagebücher des James Last wurden uns zugespielt, und zwar von einem langjährigen Tubisten seines Scheißorchesters, und dieses Tagebuch zeichnet ein wahrlich schockierendes Bild von James Last:

3. Oktober, Ludwigshafen

Esse mittlerweile nur mehr Lebendes, heute schon einen Lastkraftwagenfahrer, fünf Hechte und meine dritte Geige verspeist. Außerdem weiß keiner, daß ich fliegen kann. Durch halb Hannover geflogen und dabei geträumt, Costa Cordales am ganzen Körper zu rasieren. Mein Gott, wer bin ich eigentlich?

6. November, Kongreßhaus Zürich

Zusammen mit 60 Nacktschnecken im Hotel Residenz übernachtet, dann wieder Jauche getrunken und in eine Hühnerfarm eingebrochen. Alles Geflügel gerissen. Ich möchte wieder fliegen, nackt über Zürich fliegen, diese verspießten Schweizer schocken! Beginne langsam, mich selber aufzufressen. Ich liebe einen Indianer und bin an Tollwut erkrankt, und außerdem habe ich acht Hoden. Fürchte, es werden noch mehr werden. Mein Gott, was soll ich nur tun? Was fehlt mir?

19. November, Baden-Baden

Habe sechs Menschen gegessen, alle lebend, und dazu 18 Liter Stierblut getrunken. Kann nicht mehr fliegen. Alles aus. Im Affenkäfig übernachtet, am ganzen Körper wachsen Pferdehaare. Kann mein Image nicht mehr lange halten.

STERMANN UND GRISSEMANN PRIVAT

in:

Muttertag

Folge 1: Die Gemüsegruppe

Grissemann.
Herr Grissemann, ich mach' alles verkehrt. Nicht einmal ein richtiges Geschenk für Mutter kann ich kaufen. Dabei wollt ichs so gut machen.
Herr Stermann, eine ältere Dame ist bei mir, sie trägt den gleichen Namen wie ich und behauptet, ich sei ihr Sohn. Ich bin dabei herauszufinden, ob sie meine Mutter ist. Fassen Sie sich kurz!
Ich hab' 3 Geschenke für meine Mutter besorgt: eine Holzeisenbahn, 2 Paar Ledersocken und 1kg Staub für den Staubsauger.
Und? Hat sie sich gefreut, die alte Stermann?
Erst glaubte ich:ja! Weil sie zu weinen begann. Aber kann man aus Freude 6 Stunden lang im Schlafzimmer eingeschlossen weinen?
Schauen Sie, Sie müssen passende Geschenke kaufen.
Was haben Sie Ihrer Mutter denn geschenkt?
Falls sich die Dame als meine Mutter herausstellt, bekommt sie von mir eine Landkarte aus Afghanistan mit komplettem Tretminenverzeichnis.
Wie wollen Sie denn herausfinden, ob es Ihre Mutter ist?
Dr. Puppenfleisch wird kommen, Sie wissen schon, der Genforscher mit dem ich ab und zu in der Gemüsegruppe Jazzgymnastik mache.
Jazzgymnastik in der Gemüsegruppe?
Ja, das ist meine Gemüsegruppe, wo wir halt hin und wieder Jazzgymnastik machen, Puppenfleisch und ich. Alles klar?
Moment, ich rekapituliere kurz. Der Genforscher Puppenfleisch ist in Ihrer Gemüsegruppe und macht mit Ihnen dort Jazzgymnastik.
Volltreffer, Stermann. Puppenfleisch müßte gleich kommen. Ich hab' dieser älteren Dame schon 2 kg Blut abgenommen. Es werden umfangreiche Bluttests durchgeführt,

und ihre DNA wird mit meiner verglichen. Gibt es Übereinstimmungen, bekommt die Frau einen Kuß und die afghanische Landkarte mit dem Tretminenverzeichnis. Ein ganz normaler Muttertag, Stermann.
Herr Grissemann, vielleicht sind diese Tests ja überflüssig. Schauen Sie sich diese Frau doch einmal genau an. Hat sie Ihre primitiven Gesichtszüge?
Absolut. Es ist, als würde ich mit langen Haaren etwas gealtert mir gegenüberstehen. Diese Ähnlichkeit ist beängstigend. Außerdem hat die Dame ein Fotoalbum dabei mit Kinderfotos von mir, auf denen sie auch zu sehen ist. Wenns ein Schwindel ist, ist er sehr gut gemacht.
Ist das zufällig dieselbe Frau, die auf mehreren Ölgemälden in Ihrer Wohnung zu sehen ist?
Sie meinen meine Mutter? Das versuche ich ja herauszufinden. Der Genforscher wird gleich hiersein.
Tja, Herr Grissemann. Nachdem Sie ja scheinbar eine glückliche Mutter-Sohn-Beziehung haben, könnten Sie mir vielleicht einen Tip geben, wie ich meine Mutter aus dem Schlafzimmer kriege.
Schalten Sie das Licht aus in der Wohnung, legen Sie sich vor die Schlafzimmertür, und wimmern Sie leise. Das weckt Muttergefühle. Und wenn sie rauskommt, umarmen Sie sie.
Umarmen ... Sie meinen, so wie ich die lieben Schäferhunde manchmal umarme am Übungsplatz, wenn die Herrchen nicht herschauen?
Ja ja, genau. Wiederhörn.
Wiederhörn.

Folge 2: Dr. Raumflasche

Stermann.
Grissemann hier. Die Medizin ist eine ungenaue Wissenschaft. Ich kann nichts tun. Die arme Frau, die vorgibt, meine Mutter zu sein, muß sich leider einem weiteren Test unterziehen.

Wie meinen Sie?
Schauen Sie, Dr. Puppenfleisch und sein Ärztestab haben nach dem ersten Bluttest und der Haarwurzelanalyse verlautbart, daß diese Frau zu 99,995 % tatsächlich meine Mutter ist. Das reicht nicht. Das Restrisiko ist zu groß. Ich will es nicht verantworten, einer möglicherweise wildfremden Frau zum Muttertag die Tretminenpläne aus Aufghanistan zu schenken, die ich für meine leibliche Mutter gekauft habe. Auch der Lügendetektortest ist zu ihren Gunsten ausgefallen. Trotzdem-ich muß ganz sichergehen.
Was wollen Sie denn noch testen, Herr Grissemann, lassen Sie Ihre Mutter doch in Ruhe.
Spezialisten aus Philadelphia werden eingeflogen. Psychologen, Juristen, Kriminologen, 1 Schamane und 1 Neurochirurg, außerdem kommen meine Brüder, mein Vater, der Arzt, der mich zur Welt gebracht hat. Ich hoffe, so ein bißchen Licht ins Dunkel dieser Situation zu bringen.
Verstehe, glauben Sie, wäre es möglich, daß Sie mir jemanden aus Ihrem Ärzteteam vorbeischicken?
Warum denn?
Ich habe Ihren Rat befolgt. Ich habe gewimmert und damit ihre Muttergefühle geweckt. Sie ist rausgekommen und ich habe sie umarmt. Genauso fest und herzlich, wie ich vor 26 Jahren den lieben Zorro umarmt habe, den Schäferhund von Frl. Rummelplatz.
Ja, und? Wozu brauchen Sie jetzt einen Arzt?
Für meine Mutter. Während der Umarmung krachten ihre Knochen, dann fiel sie in sich zusammen und begann leise zu wimmern. Ich habe vermutet, sie wimmert, um so meine Sohngefühle für sie zu wecken. Ich nahm sie noch einmal fest in den Arm, und jetzt wimmert sie gar nicht mehr.
Vielleicht ist ihr einfach kalt.
Kann nicht sein. Ich habe ihr die Ledersocken angezogen.
Ich schicke Ihnen Dr. Raumflasche vorbei, ihn kenn' ich auch aus der Gemüsegruppe.
Was ist das eigentlich für eine Gruppe, diese Gemüsegruppe?

In meiner Gemüsegruppe werden schwere Mißtrauensneurosen behandelt. Mit Zucchini, Lauch und Erbsen wird Vertrauen aufgebaut.
Und das funktioniert?
Nein, eigentlich gar nicht. Wir machen jetzt eigentlich nur mehr Jazzgymnastik.
Aha.
Moment mal ... (der Speicheltest jetzt ... ja, ich komme gleich) Herr Stermann, es ist schon alles für den Speicheltest vorbereitet. Ich muß aufhören.
Meine Mutter liegt am Boden.
Ja ja. Ich schicke Ihnen Dr. Raumflasche vorbei. Bis er kommt, beschäftigen Sie Ihre Mutter, machen Sie ihr eine Freude.
Au ja. Ich zeig' ihr das Hundevideo, das ich heimlich aufgenommen habe. Da sieht man, wie Schäferhunde mit Schaum gewaschen werden. Wiederhörn.
Wiederhörn.

Folge 3: Nanni

Stermann.
Grissemann hier. Die Frau ist meine Mutter! Alle Tests positiv. Kein Zweifel. Ich hab' Kaffee aufgesetzt. Puppenfleisch holt Blumen und Kuchen. Wir feiern Muttertag.
Das ist schön.
Es ist, und das hat mich verblüfft, das exakt gleiche Testergebnis wie in den letzten Jahren. Mutter ist noch etwas schwach, aber sobald sie die Augen wieder aufschlägt, wünsche ich ihr alles Gute.
Bei mir ist es auch so wie in den letzten Jahren. Meine Mutter ist im Krankenhaus, und ich bin allein zu Hause und gucke Hundevideos.
Was war denn los?
Dieser Dr. Raumflasche hat sie untersucht und sofort ins Krankenhaus überstellt. Meine arme Mutter wird wieder ein ganzes Jahr im Krankenhaus bleiben müssen.

Wollen Sie zu mir kommen?
Nein. Ihre Mutter bedeutet mir nichts. Falls es überhaupt Ihre Mutter ist.
Wie meinen Sie das???
Na ja, Dr. Raumflasche hat da so was angedeutet ...
Was?
Der graphologische Test zeigte eine 0,008%ige Wahrscheinlichkeit, daß diese Frau eine Schwindlerin ist.
(Kaffeemaschine sofort abschalten und das Wasser wieder aus der Vase schütten! In 5 Minuten neuerliche Besprechung im Wohnzimmer!)
Es tut mir leid, Grissemann. Falls sich herausgestellt hat, daß es doch nicht Ihre Mutter ist, können Sie anschließend gern zu mir kommen.
Ein Muttertag ohne Mutter, nein danke, Herr Stermann.
Herr Grissemann, warten Sie mal, äh, ich hab' in meinem Portemonnaie eine Fotografie von Nanni.
Nanni?
Die Mutter von Zorro. Eine treue Schäferhündin.
Sind Sie sicher, daß sie die Mutter von Zorro ist?
Ja, ich war bei der Geburt dabei. Heimlich.
Ich weiß nicht, Stermann. Am Muttertag wäre ich schon gern bei meiner Mutter und nicht bei dem Foto der Mutter irgendeines verdammten Schäferhundes. Nichts für ungut, Wiederhörn.
Wiederhörn.

Das Video

Folge 1: Wenzel-Knattek

Stermann, wer ist denn da?
Fragen Sie doch nicht so blöd. Ich bin doch der einzige, der Sie seit Jahrzehnten anruft. Hören Sie, ich hab' doch diesen neuen Kühlschrank, den ich mir 68 gekauft habe, während der Studentenrevolution, ein langhaariger, rebellischer Kühlschrank.
Ist das nicht der, der damals diese legendäre Kühlschrankdemo organisiert hat?
Ja, es existiert ein Foto, da ist er aber nicht genau zu erkennen, weil er vermummt war.
Ja, und?
Ich hab' ihn heute zum ersten Mal geöffnet. Ich hab' das vorher nie getan, Sie wissen ja, ich esse nichts Kaltes.
Ich weiß. Sie lassen sich ja sogar brennheiße Eiswürfel liefern.
Ja. Und heute hab' ich ihn zum ersten Mal geöffnet, weil ich was Kaltes brauchte. Sie wissen doch, daß ich mit Wenzel-Knattek zusammenlebe, der bei mir im Garten wohnt.
Das Reh?
Ja. Ich hab' für Wenzel-Knattek einen Spielkameraden gesucht, und da hab' ich mich erinnert, daß Sie mir ja damals zur Fußball-WM 70 ein gefrorenes Hühnchen geschenkt und ins Gefrierfach gelegt haben.
Langweilen Sie mich nicht mit diesen öden Geschichten, Herr Grissemann. Ich halte gerade einen Vortrag über Mexiko. Und weil ich immer schon gern etwas über dieses Land erfahren wollte, interessiert mich der Vortrag natürlich.
Sie Spinner halten also diesen Vortrag vor sich selbst?
Genau. Ich stehe vor dem Spiegel, rede und höre mir interessiert zu. Wenn ich etwas nicht verstanden habe, stelle ich Zwischenfragen.
Hm. Ich jedenfalls hab' vor 2 Stunden das gefrorene Hühnchen aus dem Gefrierfach geholt und dafür zum ersten Mal

den Kühlschrank geöffnet. Sie werden nicht glauben, was da drin war. Eine Videokassette. Eiskalt. Bedrohlich.
Die mächtigen Bauten von Chichen Itza auf Yucatan zeugen von der Hochkultur der Maya. Hier fand man auch den Chacmool, einen Opfergabenträger, ein imponierendes Beispiel für die Fähigkeiten der Mayabildhauer.
Bitte? Herr Stermann. Ich habe Angst, mir diese Kassette anzusehen. Wollen Sie rüberkommen und mir Gesellschaft leisten? Vielleicht ist was über Mexiko drauf.
Nein, der Vortragende hat mich eh schon ermahnt, mich zu konzentrieren und das Telefonat zu beenden. Schauen Sie sich doch Ihre blöde Kassette alleine an.
Wie denn, Sie Schlaumeier? Ich hab' doch gar keinen Videorecorder. Das einzige Elektrogerät, das ich besitze, ist der Mandarinenschäler, den Sie mir geschenkt haben anläßlich der EM der transsexuellen Volleyballer 1953.
Da kann ich Ihnen nicht helfen.
Sie haben doch 7 Videorecorder. Könnte ich mir nicht einen ausleihen?
Nein. Die werden alle für den Mexico-Vortrag gebraucht. Hier laufen 7 Mexiko-Videos parallel, dazu 22 Diaprojektoren. Ein großartiger Multimediavortrag, den ich da vor mir halte. Sie müssen sich irgendwie selbst einen bauen.
Ich hab' nur ein gefrorenes Hühnchen, einen Hippikühlschrank und einen Mandarinenschäler. Sonst ist mein Anwesen völlig leer. Wie soll ich so einen Videorecorder bauen?
Versuchen könnten Sies, Herr Grissemann. Versuchen. Wiederhören, und viel Glück bei Ihrem Vorhaben. Hasta la vista.
Wiederhören.

Folge 2: Der Verfolgungswahn

Stermann, muchas gracias por el telefonato.
Grissemann hier, sie mexikanischer Volltrottel. Nennen Sie mich ein Genie, und Sie beleidigen mich noch damit.
Porque?

Ich hab's geschafft. Ich hab' aus Mandarinenschalen, einem gefrorenen Hühnerflügel und dem Stromkabel vom Kühlschrank einen Videorecorder mit Internetanschluß gebaut. Faxausgang inklusive.
Toll, Herr Grissemann. Ich hab' mal aus einem alten Apfel ein Solarauto gebaut. Das Patent hat mir dann VW abgekauft.
Na ja, ich hab' es einmal fertiggebracht, aus einer Fischgräte ein Trimm-Dich-Fahrrad zu basteln, das Sie mir dann weggenommen haben.
Allerdings, weil ich dann aus Ihrem Trimm-Dich-Fahrrad eine Sesselliftanlage gebaut habe.
Ja, und die wiederum habe ich Ihnen abgekauft und daraus sämtliche Häuser unseres Dorfes gebaut. Aber Schwamm drüber.
Moment kurz, Herr Grissemann. Ich muß meinen aztekischen Federschmuck abnehmen, der schmerzt an der Kopfhaut .. .So. Haben Sie sich die Videokassette angesehen?
Ja. Es ist unfaßbar. Mein ganzes Leben ist auf dieser Videokassette festgehalten. Die ganzen 56 Jahre. Szene für Szene. Meine Geburt. Meine frühen Mikadoarbeiten. Mein Selbstmord. Meine Wiederauferstehung, einfach alles. Die Videokassette dauert 56 Jahre. Ich hab's im Schnelldurchlauf gesehen. Die letzte Szene endet damit, daß ich den Kühlschrank öffne und die Videokassette rausehole. Ich habe das Gefühl, daß mich irgend jemand filmt.
Mein Gott, Sie leiden unter Verfolgungswahn, Herr Grissemann.
Wahrscheinlich haben Sie recht. Sicher ist alles nur Zufall.
Herr Grissemann, wenn Sie wollen, komm' ich mit Popcorn vorbei. und wir schauen uns in Ruhe die ganze Videokassette von vorn bis hinten an.
Wer ist denn Popcorn?
Eine Speise, die ich aus Maiskörnern gebastelt habe.
Ja, aber haben Sie denn so lange Zeit, Herr Stermann? 56 Jahre?
Moment, ich schau' mal kurz in meinen Terminkalender ... ja, geht sich gut aus. Ich hab' erst wieder in 58 Jahren ei-

nen Termin. Zahnarzt. Sagen Sie, bin ich auch zu sehen auf dem Video?
Einmal ganz kurz gehen Sie durchs Bild. Nach 32 Jahren etwa.
Auf die Szene freu' ich mich schon.
Kommen Sie?
Ich komme. Wiederhörn.
Wiederhörn.

Eifersucht

Folge 1

Momentchen bitte ... (brüllt)
Was ist denn los bei Ihnen?
Ach, Herr Stermann. Der Nachbarsjunge will mir schon wieder selbstgepflückte Kekse bringen. Ich halte diese freundlichen Gesten nicht aus, das wissen Sie doch.
Jaja, ich erinnere mich, als ich Ihnen einmal Geld borgte für ihre Ohrenoperation, da haben Sie mir ja ins Gesicht gespuckt.
Ja, selbstverständlich. Was kann ich für Sie tun, ich bin in Eile.
Es ist 4 Uhr morgens, was haben Sie denn jetzt zu tun?
Um 4 Uhr 30 ist doch die Hinrichtung. Das möchte ich nicht versäumen.
Um Himmels willen, das hätte ich fast vergessen, die Hinrichtung. Wissen Sie, ich glaube, ich werde nicht hingehen, ich ertrage das nicht.
Aber Herr Stermann, Sie sind doch Trauzeuge. Die Hinrichtung kann gar nicht stattfinden, wenn Sie nicht kommen.
Sagen Sie mal, Herr Grissemann, seit wann nennen wir beide überzeugten Junggesellen Hochzeiten eigentlich schon Hinrichtungen?
Seit August 1914. Da hat meine Hausmeisterin geheiratet.

Da ist sie praktisch hingerichtet worden.
Die Ehe ist eine Hinrichtung.
Richtig, Sie scheinen die Grundregeln noch zu kennen. Warum rufen Sie an?
Da ist eine Frau in meinem Bett, Herr Grissemann. In MEINEM Bett.
Wollen Sie sie hinrichten?
Ne. Ich bin nicht mal richtig verliebt.
Ah ja, gut. Wie kommt diese Frau in Ihr Bett?
Es ist eben nicht ihr Bett, es ist mein Bett.
Ja, es ist ihr Bett.
Neihein, mein Bett.
Ja, sag' ich doch: Ihr Bett.
Nein, es gehört nicht dieser Scheißfrau. Dieses Bett gehört Herrn Stermann.
Ich bin jetzt etwas irritiert. Ich dachte, Sie schlafen überhaupt nicht im Bett, sondern auf dieser riesigen Marmorplatte, die Sie 1948 in den Friedenswirren gestohlen haben.
Hab' ich auch bis gestern, aber dann kam diese Frau. Sie hat mich in der Stadt in der Straßenbahn erwischt, und dann wollte sie sofort mit mir schlafen.
Aha, und das Bett hat sie auch gleich mitgebracht.
Genau.
Aber dann isses ja doch ihr Bett.
Nein, damit ich mit ihr schlafe, hat sie's mir geschenkt. Es ist mein Bett. Moment ... („Wilfried, das ist aber lieb, selbstgepflückte Kekse, so ein süßer Bub, Bussi, Bussi!")
Ist der Nachbarsjunge gekommen, dieses Dreckschwein?
Jaja, der liebe Kleine. Ich möchte diese Frau aus meinem Bett haben, sonst komm' ich nicht zur Hinrichtung von Frau Achterbahn und Leschnikov.
Hören Sie, Stermann, Ihre Frauengeschichten in Ehren, in 3 Stunden geht die Sonne auf, in 20 Minuten beginnt die Hinrichtung, ich muß mich hübsch machen.
Sagen Sie mal, Herr Grissemann, ich beneide Sie so unendlich, ich bin so eifersüchtig darauf, daß bei Ihnen kein hübsches Frauenzimmer im Bett liegt. Wissen Sie, Herr Grissemann, manchmal hasse ich Sie richtig dafür.

Ich kann gegen meine Gefühle nichts tun, das hat gar nichts mit Ihnen zu tun, daß ich immer allein schlafe.
Wie machen Sie das nur, was haben Sie, was ich nicht habe, Sie Glückskind?
Ich habe eben das gewisse Etwas, das die Frauen so abstößt.
Würden Sie sich bitte etwas einfallen lassen, wie ich die Frau loswerde? Ich bin so müde.
Okay, ich melde mich in 14 Minuten wieder. Auf Wiederhörn.
Wiederhörn.

Folge 2

Stermann.
Ist die Frau noch immer bei Ihnen?
Nein, die ist weg. Jetzt ist eine andere in meinem Bett.
Schade. Ich hätte nämlich gewußt, wie man die erste rauskriegt.
Ach, wie denn?
Einfach eine zweite Frau reinholen, um so die erste zu brüskieren. Dann geht sie sicher raus.
Aber was mach' ich jetzt, ich hab' ja schon die Zweite hier, soll ich noch eine reinholen?
Versuchen Sie's mal. Mal sehen, was passiert.
Moment ... „Die nächste bitte!"
Und?
Ja, tatsächlich, Herr Grissemann. Jetzt ist die eine weg, aber dafür die andere da. Ihr System scheint mir unausgereift.
Wie viele stehen denn da vor Ihrer Tür?
Moment mal ... „Meine Damen, würden Sie bitte einmal durchzählen?"... Das dauert jetzt etwas, Herr Grissemann ... „Danke!"Es sind 74. Wenn die alle noch drankommen wollen, kann ich unmöglich zur Hinrichtung gehen.
Schauen Sie, in meiner Wohnung steht ein stolzer Mann in einem schwarzen Zweireiher. Den Zylinder elegant aufs

wohlgeformte Haupt gelegt, bereit, der Hochzeitsgesellschaft da draußen durch seine pure Anwesenheit den letzten güldnen Schliff zu verleihen. Mein Gott, ich bin so schön. Das sag' nicht ich, das spricht der Spiegel.
Das klingt schön, Herr Grissemann. Ich schau Scheiße aus. Mindestens 500 verschiedene Fliegenarten kreisen um mein ungewaschenes Haupthaar. Ich habe das letzte Mal geduscht, als der Vietnamkrieg begann. Vor Erleichterung.
Tja.
Warum war bei Ihnen eigentlich noch nie eine Frau?
Vielleicht bin ich homosexuell, ich weiß es nicht. Woran merkt man das denn?
Na ja, fühlen Sie sich zu Männern hingezogen?
Sehr stark.
Haben Sie Phantasien mit Männern?
Ja, ständig.
Dann sind Sie wahrscheinlich homosexuell, Herr Grissemann.
Ja, wahrscheinlich. Können Sie nicht eine dieser Miezen mal zu mir schicken?
Dann sind Sie doch nicht homosexuell?
Offensichtlich doch nicht. Sagen Sie, kommen Sie überhaupt noch aus der Tür raus?
Es ginge gerade. Da stehen inzwischen etwa 300 Frauen. Alle aus der Stadt. Wunderschöne Körper. Da haben Sie's wirklich besser. Sie können einfach in Ihrem schönen Anzug allein zur Hochzeit gehen, und ich muß inzwischen mit ... 456 Frauen schlafen. Tja, entschuldigen Sie mich doch einfach bei der Hinrichtung. Sagen Sie denen doch einfach, daß es mir der Verkehr nicht erlaubt hat zu kommen.
Das glaubt mir doch keiner, wir haben doch gar keine Autos im Dorf. Und wer soll Trauzeuge sein?
Irgendein Schlappschwanz, Sie vielleicht? Sie oder irgend so'n anderer Penner. Ich geh jetzt poppen, tschüs!
Herr Stermann ...

Der Babysitter

Folge 1: Prophylaxe

Stermann ... Hallo? Wer ist da? Sind Sie es, Frl. Rummelplatz?
Seien Sie mal ruhig, Herr Stermann. Das ist eine kleine Sensation hier bei mir. Ich starre gerade auf mein Aquarium, und mir verschlägt's die Sprache.
Was ist denn los?
An den Fischen sind die Preisschilder noch dran. Das ist ja wohl die Höhe. Sie haben mir doch die Fische letztes Jahr geschenkt, als Sie Geburtstag hatten. Sie haben es nicht der Mühe wert gefunden, die Preisschilder von den Fischen abzumachen!
Moment mal, die Preisschilder hingen nicht an den Fischen, sondern am Geschenkpapier. Um Himmels willen! Haben Sie die Zierfische nicht aus der Verpackung rausgeholt?
Nein, hätte ich das tun müssen? Ich finde, das sieht sehr hübsch aus, die kleinen Pakete, wie sie da im Wasser herumzappeln. Egal. Warum ich anrufe: Ich geh' doch heute abend aus.
Ach, heute abend gehen Sie aus. Und wann gehen Sie dann wieder an? Morgen früh?
Sehr witzig. Ich gehe heute abend mit Frau Achterbahn aus. Ich will ihr meinen Schützenverein zeigen. Wir haben die ganze Nacht Schießübungen.
Ja, und?
Ja, ich brauch' einen Babysitter.
Wofür? Für Ihre Zierfische im Geschenkpapier? Sie haben doch keine Kinder.
Wenn ich am Abend ausgehe, möchte ich gern, daß ein Babysitter bei mir zu Hause ist, egal ob ich Kinder habe oder nicht.
Klar, verstehe. Wie wär's, wenn Sie sich auch einen Automechaniker nach Hause kommen lassen, Sie haben ja auch kein Auto.

Ich habe für den Babysitterjob an Knut gedacht. Knut kann doch bei mir heute babysitten.
Knut? Geht nicht. Der hat doch einen zweijährigen Sohn, auf den er aufpassen muß.
Sie könnten ja auf Knuts Sohn aufpassen, während Knut bei mir den Babysitter macht, damit ich beruhigt mit Frau Achterbahn schießen gehen kann.
Noch einmal, Grissemann, Sie haben kein einziges Kind zu Hause. Wozu zum Teufel brauchen Sie einen Babysitter! Es kann niemandem was passieren, Sie können ganz beruhigt schießen gehen.
Ich will auf Nummer Sicher gehen. Schauen Sie, das menschliche Leben ist doch eine Geschichte voller Wunder. Vielleicht entsteht das Kind genau heute abend, wenn ich schießen bin. Dann wächst es ganz allein auf und ängstigt sich. Ohne Babysitter.
Herr Grissemann, Sie gehen heute abend schießen!
Wenn ich einen Babysitter finde, ja.
Verdammt, Sie haben kein Baby!
Ja, noch nicht.
Hören Sie, Ihre Wohnung steht heute abend leer. Da kann kein Kind entstehen. Für eine Befruchtung muß der männliche Samen ...
Hören Sie auf! Auf dieses Niveau laß ich mich nicht herab. Passen Sie auf Knuts Baby auf, damit Knut heute bei mir babysitten kann, ja oder nein?
Sagen Sie, Knut würde tatsächlich zu Ihnen kommen, sein eigenes Kind alleine zurücklassen, um bei Ihnen ein Baby zu sitten, das es gar nicht gibt?
Noch nicht gibt. Er kommt vorbeugend. Babysitterprophylaxe. Sagen Sie, haben Sie ein Babyphon?
Wofür brauchen Sie Affe ein Babyphon?
Damit Knut hört, was im Kinderzimmer los ist.
In welchem Kinderzimmer?
Ich habe sicherheitshalber 1974 ein Kinderzimmer eingerichtet.
Ich muß jetzt auflegen, Herr Grissemann. Mein Altenpfleger kommt.

Wie alt ist denn Ihr Altenpfleger?
86. Ich muß ihn die ganze Nacht durch pflegen. Wiederhörn.
Wiederhörn.

Folge 2: 1:0 für Stermann

Grissemann.
Stermann hier. Wie war's im Schützenverein mit Frau Achterbahn?
Ich kann kaum sprechen. Die Ereignisse haben mich sehr mitgenommen.
Was ist passiert?
Frau Achterbahn ist von einem Querschläger getroffen worden.
Um Himmels willen. Beim Schießen.
Nein, nein. Beim Kegeln. Wir waren kegeln. Sie ist auf der Kegelbahn von einer querschlagenden Kugel getroffen worden. Die Kugel steckt noch in ihrem Körper. Sie ist im Krankenhaus.
Ist sie sauer?
Sauer ist vielleicht das falsche Wort.
Eine schreckliche Nacht für unser Dorf. Knuts Kind ist ja auch verunglückt. Es ist aus dem Fenster gefallen.
Jaja, er hat keinen Babysitter auftreiben können. Knut selbst hat ja bei mir aufgepaßt.
Auf Ihr Kind, das Sie nicht haben.
Kein Kind? Und was ist das? Ich halt' mal den Telefonhörer ins Gitterbett ....
Das sind Sie doch selber. Sie machen das Babygeräusch nach.
Überführt, Stermann. 1:0 für Sie. Kleiner Scherz. Was war bei Ihnen los? Wie ging's mit dem Altenpfleger?
Der ist gestorben gestern nacht.
Ach so.
Jaja.
Übrigens, haben Sie mal 'ne Zigarette?

Ja, hier.
Danke.
Sagen Sie mal, Grissemann. Sie wissen schon, daß das Krankenhaus, in dem Frau Achterbahn und Knuts Baby jetzt liegen, heute abgerissen wird.
Unser Dorfkrankenhaus wird abgerissen?
Es soll mitsamt den Patienten abgerissen werden. Weil das Geld fehlt für den Abtransport der Kranken.
Das heißt, Frau Achterbahn wird heute abgerissen und Knuts Baby auch.
Die schlechte Nachricht: Die Dorfapotheke wird auch abgerissen. Die gute Nachricht: Das Friedhofsgelände wird erweitert.
Endlich geht was weiter im Dorf. Das war ja eine alte Forderung. Wie viele Einwohner haben wir eigentlich zur Zeit im Dorf, Knuts Baby und Frau Achterbahn nicht mehr mitgerechnet?
26.
Mein Gott, wenn man bedenkt, daß wir vor 10 Jahren noch knapp 25.000 Einwohner hatten ...
Haben Sie eigentlich die Preisschilder von den Fischen inzwischen entfernt, Herr Grissemann?
Nein, kann ruhig jeder sehen, wie billig die waren. Ich halte es ja seit einiger Zeit auch für große Verschwendung, immer Wasser ins Aquarium zu schütten. Ich hab' jetzt einfach mal Karottensaft reingeschüttet. Das soll doch so gut für die Augen sein.
Verstehe. Auf Wiederhörn, Herr Grissemann.
Auf Wiederhörn, Herr Stermann.

Das Atomkraftwerk

Folge 1: Das feine Gespür

Grissemann. Sagen Sie jetzt nichts. Ich möchte diesen Moment der Überraschung auskosten. Ist es eine aparte junge Frau mit den Taschen voller Geld, bereit, mein Leben in die Hand zu nehmen? Ist's mein längst verloren geglaubter Großvater, mit der frohen Kunde, mich, seinen geliebten Enkel, als seinen Haupterben einzusetzen?
Schnauze, Grissemann. Ich bin's.
Oh, Sie sind's. Was wollen Sie?
Mir sind alle Haare ausgefallen. Vielleicht stimmt irgendwas mit dem Atomkraftwerk nicht.
Ach, das wird schon nichts Schlimmes sein.
Und mein Zahnfleisch ist ganz schwarz. Und es riecht.
Ihr Zahnfleisch riecht? Wonach denn?
Es riecht wie ein Kinderballettschuh.
Interessant, daß Sie wissen, wie Kinderballett-Schuhe riechen.
Wieso?
Was heißt: wieso. Wissen Sie auch, wie Schwimmreifen und Beißringe riechen? Standuhren und Feuerlöscher?
Selbstverständlich. Ich hab' eine ausgesprochen feine Nase. Ich kann zum Beispiel mein rechtes Bein von meinem linken Bein nur anhand des Geruchs unterscheiden.
Sie Angeber, ich glaub' Ihnen kein Wort. Wenn Sie so einen genialen Riecher haben, dann sagen Sie mir doch, was ich heute zu Mittag gegessen habe! Das müßten Sie ja bis zu sich rübergcrochen haben.
Gut. Ihr Haus ist 7,5 km von meinem Anwesen entfernt. Das ist genau die Entfernung, die ich maximal erriechen kann. Also. Sie aßen ein Rindsfilet mit Petersilkartoffeln und Gurken, Tomaten, Eisalat. Der Salat war ein bißchen versalzen. Getrunken haben Sie Chardonny, mit einem halben Glas Mineralwasser. Als Dessert erroch ich Zitroneneis mit einem Mandelstückchen drauf.
Quatsch. Auf dem Zitroneneis war ein Stück Pistazie, Sie Vollversager.

Moment mal kurz. Oh, mir steigt da gerade sehr intensiv der Geruch von Goldhamsterpisse in die Nase und ich rieche dazu einen Heizkörper. Schau'n Sie mal kurz, ob bei Ihnen ein Goldhamster unter die Heizung pißt.
Nee, das ist mein Meerschweinchen. Es ist inkontinent. Sagen Sie mal, können Sie denn gar nix richtig?
Sie sollten sich mal wieder duschen, Herr Grissemann.
Also, was ist, Stermann? Schauen Sie, ich hab' den ganzen Tag schwer gearbeitet im Meerschweinchenstall. Ich habe sehr geschwitzt und wollte duschen gehen. Fassen Sie sich bitte kurz, ich habe nämlich auch noch Besuch. Ein Herr ist völlig überraschend auf sehr unkonventionelle Weise zu Besuch gekommen. Der Herr ist, stellen Sie sich mal vor, durchs Fenster gekommen, mit einer Pudelmütze auf dem Kopf und einem Maschinengewehr mit abgeschnittenem Lauf in der Hand. Echter Exzentriker. Er sagt, er interessiert sich für meinen Schmuck und alle meine Wertgegenstände. Es ist so schön. Endlich interessiert sich mal jemand für mich. Für mich und für das, was ich besitze.
Aha. Ja, dann will ich Sie nicht stören, wenn Sie so lieben Besuch haben.
Was wollten Sie denn eigentlich?
Ich wollte nur fragen, ob Sie irgendwas gehört haben von einem Störfall im Atomkraftwerk, weil mir doch die Haare ausgefallen sind und mein Zahnfleisch nach Ballettschuhen riecht.
Nee, ist nichts Besonderes. Man brauchte nur vorübergehend ein Zwischenlager für 5000 Kilo Atommüll, und da hat man Ihren Dachboden ausgewählt, weil er doch der größte und häßlichste im Dorf ist.
Ach, und ich werd' gar nicht gefragt.
Natürlich nicht, Sie hätten ja doch nicht zugestimmt.
Stimmt, ich bin oft so unkooperativ. Na ja, was soll's. Dann weiß ich wenigstens, warum ich jetzt die Haare vom Boden fegen muß. Schöne Grüße noch an Ihren lieben Besuch. Ich stöbere noch ein bißchen am Dachboden herum.
Ja, Wiederhörn.
Wiederhörn.

Folge 2: Sportsfreunde

Stermann.
Mm.
Grissemann?
Mm.
Mein Gott, ich rieche ein Klebeband über Ihrem Mund.
Mm.
Moment. Passen Sie mal auf. Drehen Sie sich mal um. Hinter Ihnen rieche ich einen rostigen Nagel an der Wand. Versuchen Sie, mit dem Mund über den Nagel zu fahren und so das Klebeband abzukriegen.
Mm ... aah! Wow! Welch ein Tag, Stermann.
Was ist denn passiert?
Mein Gott, der Herr hat sich für alles begeistern können. Für meine Gemälde, mein Geschmeide, mein Tafelsilber, mein Bargeld, er hat alles geliebt und alles genommen. Ein leidenschaftlicher Mensch. Ein Mann, der keine Kompromisse macht. Diese Einstellung gefällt mir.
Das kann ich verstehen. So etwas beeindruckt mich auch. Ein klares Ziel vor Augen. Hut ab!
Als er mir beim Abschied den Mund zuklebte, damit wollte er wohl zum Ausdruck bringen, daß es nicht immer der leeren Worte bedarf, wenn 2 Menschen gleichen Herzens sich begegnen. Da genügen Blicke und Berührungen.
Mein Gott, ist das schön. Mir kommen die Tränen.
Und als der fremde Mann gehen mußte, da entschloß er sich, mich ganz eng und fest ans Heizungsrohr zu binden. Sie verstehen, Stermann? Die Heizung, als Symbol für Liebe, Wärme und Geborgenheit. Als Ersatz für ihn. Er.
Ist das schön, Herr Grissemann. Wird er wiederkommen?
Nein. Er sagte, er wird niemals wiederkommen. Und dann kam der für mich berührendste Moment. Er schrie heraus: Keine Polizei! Verstehen Sie, Stermann? Keine Polizei. Präziser und poetischer hat wohl noch nie ein herzensgebildeter Mensch der Hoffnung Ausdruck gegeben, daß eine Gesellschaft irgendwann ohne Kontrolle und Macht imstande ist, sich einzig und allein Brücken zu bauen aus Liebe, ein

festes Gerüst, auf dem zu leben erst wirklich leben heißt.
Auch ich bin ein anderer geworden, Herr Grissemann. Ich war auf dem Dachboden und habe zwischen den Atommüllfässern ein wenig herumgestöbert, und ich wurde dort stiller Zeuge einer fremden Welt. Ich sah dort Milben, groß wie Hunde. Spinnen mit Hufen und Ratten mit 3 Köpfen. 3 Köpfe! Dreimal so viele Gedanken, dreimal soviel Geisteskraft. Mir selbst ist ein Schuppenpanzer gewachsen, schildkrötengleich. Dafür ist mein Augenlicht erloschen. Ich habe 6 Beine und Fühler.
Aha, soll ich einen Arzt rufen?
O nein. Sie sprechen mit einer glücklichen Kreatur. Nur eins bedrückt mich. Da ich jetzt Kiemen habe und im Wasser leben muß, ist mein Geruchssinn völlig verkümmert.
Na ja. Ich bin ein wenig ermattet, Stermann. Vielleicht sollten wir erst einmal die Eindrücke verarbeiten.
Sie haben recht. Schlafen wir erst mal drüber. Gute Nacht, Sportsfreund.
Nacht, Sportsfreund.

Karibik

Folge 1: Die drohende Bypassoperation

Stermann.
Grissemann hier. Können Sie etwas auf Spanisch sagen?
Ich weiß nur, was „Beerdigung" auf Spanisch heißt.
Das ist schlecht. Ich brauch' was Positives, was Nettes.
Ah ja, ich weiß auch noch, was „überstandene Blasenkrebsoperation" auf Spanisch heißt.
Herr Stermann, was können Sie denn noch alles auf Spanisch?
Ich weiß, was Beerdigung, überstandene Blasenkrebsoperation und Witwenverbrennung heißt.
Daß mir das weiterhilft, wage ich zu bezweifeln.

Wobei weiterhilft?

Wissen Sie, ich kauf' mir doch am Bahnhof immer „Karibische Girls".

Ja, dieses Sexkontaktmagazin, ich weiß, ich kauf's doch auch immer.

Ach ja? Haben Sie die neueste Ausgabe auch?

Ich glaube, ja. Moment ... 13. August 1936. Ist sie das? Diese Magazine erscheinen doch immer in so merkwürdigen Intervallen. Gibt's schon eine neue?

Herr Stermann, wo leben Sie denn? „Karibische Girls" erscheint wöchentlich.

Im Ernst? Das darf doch nicht wahr sein! Und ich hätte schwören können, die Sexgazette erscheint alle 60 Jahre. Da hab' ich ja ganz schön viele Ausgaben versäumt.

Um genau zu sein: 3100! Egal jetzt. Jedenfalls hab' ich sie auf Seite 42 gefunden. Monique aus Kuba in Dessous oder Dessues oder wie man da sagt.

Sie meinen, in Unterwäsche!

Reden Sie doch nicht so schweinisch daher, Herr Stermann.

Entschuldigen Sie bitte, manchmal geht es mit mir durch. Was ist mit der Frau mit das Dessu.

Monique. Sie meinen Monique. Sie müßte jeden Moment kommen.

Das geht nicht, Herr Grissemann. Ich sortiere gerade meine Arztrechnungen.

Nicht zu Ihnen. Zu mir! Das karibische Girl kommt zu mir. Ich habe sie angeschrieben. Sie ist 1,79 und sucht europäischen Mann mit Geld. Vielleicht endlich die große Liebe, auf die ich schon so lange warte, Herr Stermann.

Herr Grissemann, was würden Sie mir raten: Schweineklappen oder mechanische.

Hören Sie doch auf, von Ihren Krankheiten zu reden. Das mit Monique ist eine Herzensangelegenheit.

Das bei mir auch. Ich soll sieben Bypässe bekommen.

Monique hat auch extra einen neuen Paß bekommen, um hierherzukommen. Wissen Sie, ich möchte sie ganz karibisch empfangen.

Auch ich hoffe, daß die Ärzte bei meiner Bypassoperation sehr akribisch vorgehen.
Hören Sie doch auf, von dieser beschissenen Operation zu reden. Hier geht es um mein zukünftiges Leben!
Bei mir auch! Wenn die Operation nicht klappt, bin ich weg.
Wie, „weg".
Ja, weg. Puff.
Ach, wenn die Operation nicht klappt, gehen Sie ins Bordell?
Nein, dann bin ich tot.
Können Sie eigentlich immer nur an sich denken, Herr Stermann? Und nicht auch einmal an Ihren alten Bekannten, der ein großes Problem hat, weil er kein Spanisch kann? Und wenn die karibische Dame dann kommt, ist alles, was ich sagen kann: Beerdigung, Witwenverbrennung und überstandene Blasenkrebsoperation. Das wird ein Fiasko.
Herr Grissemann, ich muß die Arztrechnungen fertigsortieren und mich dann fürs Krankenhaus zurechtmachen.
Vielen Dank, daß Sie mich in dieser schweren Stunde allein lassen. Wiederhören.
Wiederhören.

Folge 2: Schlechte Aussichten

Grissemann.
Stermann hier.
Wo „hier", ich versuche Sie die ganze Zeit zu erreichen.
Ich bin im Krankenhaus, schön zu hören, daß Sie sich um mich sorgen.
Klappe halten, Stermann. Monique ist da.
Herr Grissemann, die Klappe wird nicht halten. Die Ärzte sagen, daß meine Überlebenschance bei 0,4 % liegt, aber ich denke, die wollen mir nur Mut machen.
Jaja, das schaffen Sie schon. Der Hund von Herkules hatte auch mal kreisrunden Haarausfall, und heute geht's

ihm wieder richtig gut.
Sie können mich doch nicht mit dem Hund Ihres Gitarrelehrers vergleichen!
Monique, das Caribean Girl, ist seit 3 Stunden hier, und wir haben noch kein einziges Wort gewechselt. Sie kann kein Deutsch, ich kein Spanisch. Es herrscht eisiges Schweigen. Was soll ich tun. Sie schläft jeden Moment ein.
Vielleicht zeigen Sie ihr Fotos oder was.
Ich hab' nur ein Foto von einem Bowlinghandschuh.
Ist das der Bowlinghandschuh, den Sie 1974 im Preisausschreiben gewonnen haben?
Ja, ich hab' ihn Herkules geschenkt und mir das Foto behalten.
Kann denn dieser Junge aus dem Schwerstbehindertenheim was damit anfangen?
So. Jetzt ist sie eingeschlafen!
Herr Grissemann, setzen Sie sich zu ihr, und sobald sie aufwacht, zeigen Sie ihr das Foto von dem Bowlinghandschuh. So, nun möchte ich mich schon mal in aller Form von Ihnen verabschieden. Der Narkosearzt ist nämlich gekommen.
Das heißt, Sie schlafen jetzt auch ein.
Ja, aber im Gegensatz zu Ihrer Karibikbraut wache ich wahrscheinlich nicht mehr auf.
Moment, Herr Stermann. Ich möchte Sie noch eins fragen.
Ja, bitte?
Was heißt denn jetzt „Beerdigung", „Witwenverbrennung" und „überstandene Blasenkrebsoperation" auf Spanisch. Damit ich wenigstens irgendwas sagen kann, wenn sie wieder aufwacht.
Also gut. Fermentario, operacion cuerta moltande und fuega a coque.
Danke.
Moment, Herr Grissemann. Da kommen die Chirurgen. Es geht los. Ich werde am offenen Herzen operiert.
Gut, dann wünschen Sie mir toi, toi, toi, daß das was wird mit meiner karibischen Schönheit, Herr Stermann. Stermann? Hallo?

Folge 3: Emilia

Grissemann.
Hier spricht das medizinische Wunder Stermann. Alle hatten sie mich abgeschrieben, Herr Grissemann. Ich hab' jetzt ein Schweineherz und fühl' mich saugut. Wie geht's denn immer, Herr Grissemann?
Sie ist weg. Monique ist weg.
Wie, „weg"?
Ja weg. Einfach weg. Puff.
Das tut mir leid.
Die Wahrscheinlichkeit, daß sie wiederkommt, liegt unter 0,4 %. Die Angelegenheit ist wesentlich dramatischer als Ihre Operation.
Das letzte, was Sie mir sagten, war, daß sie eingeschlafen ist.
Ja, wie besprochen hab' ich ihr sofort, nachdem sie aufgewacht war, das Foto vom Bowlinghandschuh gezeigt.
Und? Wie hat sie reagiert?
Sie ist sofort wieder eingeschlafen. Dann hab' ich Herkules angerufen und ihn gebeten, den Bowlinghandschuh zu bringen, weil ich dachte, sie ist vielleicht beleidigt, weil sie nur das Foto und nicht den echten Bowlinghandschuh zu Gesicht bekam.
Sie verstehen was von Frauen, Herr Grissemann.
Man tut, was man kann. Jedenfalls habe ich dann versucht, mit Monique Konversation zu machen, nachdem sie zum zweiten Mal aufgewacht war und entgeistert auf den Bowlinghandschuh geschaut hatte.
Was sagten Sie denn?
Zuerst sagte ich auf Spanisch „überstandene Blasenkrebsoperation". Da brach sie in Tränen aus. Ich versuchte sie mit „Beerdigung" zu beruhigen. Da war sie nur noch ein Häufchen Elend.
Seltsam.
Das dachte ich auch. Bis mich Herkules aufklärte. Wissen Sie, Herkules spricht perfekt Spanisch. Er besucht einen Spanischkurs in der Sonderschule. Er hat gedolmetscht.

Ach.

Ja, und jetzt halten Sie sich fest. Monique war bis vor kurzem in Kuba verheiratet, bis ihr Mann an Blasenkrebs starb. Es ist so unendlich traurig.

Wie haben Sie reagiert?

In meiner unendlichen Nervosität und Verlegenheit fiel mir nur dieses dritte spanische Wort ein, das ich von Ihnen gelernt hatte.

Fuega a coque.

Witwenverbrennung. Das kam nicht soo gut. Sie hat mich geohrfeigt und lief kreischend aus dem Haus.

Also kam nie so ein richtiges karibisches Gefühl auf bei Ihnen.

Nicht unbedingt. Wollen wir Bowling spielen? Kommen Sie rüber?

Leider keine Zeit. Ich erwarte Damenbesuch.

Wer kommt denn?

Emilia. Das karibische Girl von Seite 8 aus meinem Magazin. Ich bin Ihrem Beispiel gefolgt und hab' sie angerufen. Emilia, 24, sucht einfachen deutschen Raucher.

Ihr Magazin ist doch aus aus dem Jahr 36. Emilia muß demnach 87 sein!

Ich weiß, ich such' ja auch nichts für länger. Wiederhören.

Wiederhören.

Der Pizzabote

Folge 1: Die Wasserschildkröte

Grissemann.
Stermann hier. Er ist jetzt ins Bett gegangen.
Wer denn?
Der Pizzabote!
Bei Ihnen im Bett liegt ein Pizzabote? Lassen Sie mich in Ruhe mit Ihrem abseitigen Privatleben. Ich muß gerade den besten Freund meiner besten Freundin waschen.
Ach, Sie haben auch Besuch?
Nicht unbedingt. Ich stehe gerade unter der Dusche.
Aber Sie sagten doch, daß der beste ...
Der beste Freund meiner besten Freundin bin ich selbst, Sie Arschnase!
Was ist denn, Sie affengesichtiges Dreckschwein?
Hurensohn! Wie kommt der Pizzabote in Ihr Bett?
Vor 3 Tagen habe ich eine Pizza ohne alles bestellt. Ohne Tomaten, Käse, Teig und all den italienischen Dreck.
Ich kenn' das von Ihnen. Sie bestellen ja auch oft Sushi ohne Fisch und Reis.
Ich mag eben diesen japanischen Dreck nicht, Sie mieses Schwein. Trotzdem hab' ich manchmal Lust auf Sushi.
Hören Sie mal, Sie Kotzbrocken. Ich steh' seit 7 Stunden nackt unter der Dusche und war kurz davor, endlich das Wasser anzudrehen, da rufen Sie blödes Schwein an und verhindern alles. Fassen Sie sich kurz. Was für ein Problem haben Sie?
Der Pizzabote. Er geht einfach nicht. Er brachte die Pizza ohne alles, und ich hab' bezahlt und sagte „Vielen Dank" und er ging einfach nicht.
Ja und?
Der Mann sitzt bei mir seit 3 Tagen in der Wohnung. Er sagt kein Wort.
Oh, ist das süß!
Was denn?
Oh! Na, du?

Bitte?
An meiner Badezimmertür steht eine riesige Wasserschildkröte. Weiß gar nicht, wie die hier reingekommen ist.
Ja, jedenfalls wollte ich fragen, ob ich bei Ihnen schlafen kann, weil in meinem Bett liegt der Pizzabote, Sie Mistvieh!
Nee, tut mir leid. Sie wissen, ich hab nur zwei Gästezimmer mit vier Gästebetten. Die kann ich unmöglich hergeben für Sie. Ich weiß ja nicht, ob noch irgend jemand zufällig auf Besuch kommt heute, um bei mir zu übernachten.
Herr Grissemann, seit 15 Jahren hat bei Ihnen niemand mehr übernachtet.
Nein, nein. Schlagen Sie sich das aus dem Kopf, Sie Ratte. Die Betten müssen frei sein für Leute, die aus irgendeinem Grund nicht zu Hause schlafen können.
Verstehe. Gut, dann übernachte ich eben im Freien auf dem Schäferhundeübungsplatz.
Platsch, jetzt ist sie hineingefallen.
Wer?
Die Wasserschildkröte. Gott, ist das idyllisch, dieser Teich.
Welcher Teich?
Na, dieser riesige Teich in meinem Wohnzimmer, keine Ahnung, wie der hier reingekommen ist.
Sind Sie auf Drogen, Herr Grissemann?
Nein, aber ich hab' kiloweise Kaviar gefressen. Wenn Sie so wollen, bin ich auf Rogen.
Gut, ich pack' dann mal für die Nacht. Wiederhörn.
Wiederhörn.

Folge 2: Schweinehälften

Stermann.
Wie war die Nacht am Schäferhundeübungsplatz?
Stressig. Ich mußte mir zuerst ein Schäferhundekostüm nähen, um an den Wächtern vorbeizukommen, und dann hab' ich mit 3 anderen Kötern in einem Zwinger geschlafen.
Bravo! Noch einmal!

Was?
Die Schimpansen, großartig, was die für Kunststücke draufhaben.
Bei Ihnen sind Schimpansen?
Ja, 5. Keine Ahnung, wie die hier reingekommen sind.
Folgendes, Herr Grissemann. Der Pizzabote hat heute morgen zum ersten Mal gesprochen.
Und, was sagt er? (im Hintergrund: „Huhuhuhu") Beruhigt euch, ich bin doch gerade am Telefon.
Was ist denn jetzt schon wieder?
Das sind die Eulen. Keine Ahnung, wie die hier reingekommen sind.
Ähm, der Pizzabote hat gesagt, daß meine Wohnung für 2 zu klein ist.
Da hat er recht. Au!
Was ist denn?
Der ganze Boden ist voll mit Igeln. Bin gerade auf einen gestiegen.
Igel?
Ja, keine Ahnung, wie die hier reingekommen sind.
Zurück zu meinem Pizzaboten, Herr Grissemann. Um es kurz zu machen. Er hat gesagt, ich muß aus meiner Wohnung raus.
Aber das ist doch IHRE Wohnung!
Ja schon, aber ich möchte nicht unhöflich sein. Könnte ich nicht vielleicht bei Ihnen wohnen?
Nein, unmöglich. Das würde die Rehe und die Eichhörnchen verschrecken. Sie fürchten sich vor Menschen.
Aber Herr Grissemann, Sie sind doch auch ein Mensch? Vor Ihnen fürchten die sich nicht?
Nein, ich hab' mir zwei Schweinehälften vom Metzger besorgt. Ich hab' sie zusammengenäht und bin reingeschlüpft. Die Tiere denken, ich bin ein echtes Schwein.
Da haben die Tiere nicht ganz unrecht.
Sehr witzig. Kommen Sie zum Punkt. Ich hab' zu tun. Ich muß den Termitenstamm umsiedeln.
Wie wäre es denn, wenn ich mein Schäferhundekostüm anziehe, kann ich dann kommen?

Das wäre gar nicht so schlecht! Dann könnten Sie auf die Schafe aufpassen und sie vor den Füchsen beschützen. Kommen Sie? Sofort?
Ich komme! Und vielen Dank. Wiederhörn.
Wiederhörn.

Die Adoption

Folge 1: Zeugflicker

Stermann.
Ich war doch gestern bei Ihnen.
Nein.
Aber wer war das denn? Da war doch wer. Ich hab' doch Licht gesehen bei Ihnen.
Ein Heiratsschwindler war bei mir. Herr Dr. Zeugflicker. Ich bin auf ihn reingefallen. Er kam in mein Haus, und nach 10 Minuten haben wir überstürzt geheiratet. Ein wunderbarer Mann.
Moment, Stermann. Sie haben einen Mann geheiratet?
Das können Sie nicht verstehen, Herr Grissemann. Zeugflicker ist nicht irgendein Mann. Er hat Erfahrung und Geld. Er war schon über 500 mal verheiratet.
Ja, aber er ist doch ein Heiratsschwindler, sagten Sie.
Ja, perfekt ist niemand. Natürlich hat es mich geärgert, daß er mir mein Erspartes genommen und meine ausgestopften Aale auch eingesteckt hat und dann tschüs auf Nimmerwiedersehen.
Mein Gott, Sie Idiot, Sie gehören ins Geisteskrankenhaus.
Sie sind so kühl berechnend, Herr Grissemann. Dr. Zeugflicker ist ein faszinierender Mann. Er hat mich heute morgen angerufen und mich gefragt, ob ich heute bei ihm Trauzeuge sein kann.
Wen heiratet dieser Verbrecher heute?
Ihre Mutter.
Zeugflicker, das Schwein, hat meine Mutter eingekocht.

Ich muß die Polizei einschalten – klick. Sagen Sie, Stermann, warum zum Teufel erliegen fast alle im Dorf dem verlogenen Charme Zeugflickers?
Er hat dieses gewisse Nichts.
Wie sieht dieser Mann aus?
Er ist klein, untersetzt, Halbglatze, er hat Flecken im Gesicht und eine leichte Gehbehinderung. Er hat dicke Brillen auf, wegen seiner schweren chronischen Augenentzündung.
Ist er intelligent?
Weiß man nicht. Er spricht ja fast nichts. Kein Mensch hat ihn jemals was anderes sagen hören als „Ja, ich will".
Na gut, meinen Segen haben Zeugflicker und meine Mutter. Was anderes, warum ich anrufe: Ich hab' vom Jugendamt einen Brief bekommen. Meine Mutter hat mich zur Adoption freigegeben. Mein Gott, zu wem komm' ich denn jetzt?
Herr Grissemann, Sie sind 45. Seien Sie doch vernünftig. Das ist unmöglich. Das muß ein Scherzbrief sein.
Leider nein. Hier im Wohnzimmer sitzen 3 ältere Ehepaare, die sich für mich interessieren.
Was sind das denn für Leute?
Kalt und unherzlich. Sehr autoritär. Sie haben mich auch schon geschlagen und mir das Taschengeld gestrichen.
Hm, warum hat Ihre Mutter Sie überhaupt zur Adoption freigegeben?
Sie will frei sein und mit irgendeinem Mann durchbrennen.
Dr. Zeugflicker.
Ja, offensichtlich. Für welches Rentnerehepaar soll ich mich entscheiden? Ich mag sie alle nicht.
Sie sind eben in einem schwierigen Alter, Herr Grissemann, wo man gegen seine Eltern rebelliert.
Das sind überhaupt nicht meine Eltern.
Doch, zwei von denen bald schon.
Gut, dann nehm' ich die, die schon etwas taub sind, dann kann ich wenigstens Musik hören, wenn ich schon nicht fernschauen darf.

Ich muß mich jetzt umziehen, Herr Grissemann, ich muß zur Heirat Ihrer Mutter.
Und ich muß lernen, Vater und Mutter zu ehren. Wiederhören.
Wiederhören.

Folge 2: Grissemanns neues Leben

Grissemann.
Stermann hier. Sagen Sie, die Leute aus dem Dorf waren alle sehr verwundert, daß Sie nicht zur Hochzeit Ihrer ehemaligen Mutter gekommen sind.
Ja. Tut mir leid. Ich mußte mein Zimmer aufräumen, und Mama hat dann mit mir gebastelt, während Papa wieder getrunken hat.
Moment, Herr Grissemann. Ihre Adoptiveltern leben jetzt bei Ihnen?
Natürlich. Wir sind eine Familie, wir halten zusammen. Mama, Papa und ich. Mama hat mich eben gebadet. Ich telefoniere im Schlafanzug mit den Enten drauf, und ein Mickey-Mouse-Telefon hab ich auch. Mama hat mich auch mit Nivea eingecremt. Am Nachmittag gehen wir rodeln, deshalb strickt mir Mama jetzt gerade eine Mütze. Hoffentlich mach' ich heute nacht nicht ins Bett.
Mmh.
Übrigens, Papa hat gesagt, daß ich mit dir keinen Kontakt mehr haben darf, Dirk.
Herr Grissemann, spinnen Sie?
Nein, ich darf nicht mehr mit dir spielen.
Hören Sie mal, mir reicht's, was für eine groteske Infantilisierung geht da bei Ihnen vor?
Was?
Sie sind ein hundertprozentiger Volltrottel, Grissemann.
Äää! Papa! Der Dirk ist total gemein ....
Hallo, hier spricht Christophs Vater.
Ja, Stermann hier.
Rufen Sie nie mehr an!
Hallo? Hallo? ...

Die Eiskristalle

Folge 1: Der Lieferant

Stermann.
Grissemann. Folgendes, wie finden Sie das ...
Was denn?
Die Grimasse! Na, wie finden Sie die?
Herr Grissemann, am Telefon kann man unmöglich Ihre Grissemann-Grimasse sehen.
Hab' schon verstanden ... Übrigens, die Geste, die Sie da gerade gemacht haben, die war gut. Bitte? Ich bin verzweifelt, Herr Stermann. Mein Gesicht riecht nach ...
Ich weiß.
Was wissen Sie, Sie wissen's auch schon, wonach riecht mein Gesicht?
Ihr Gesicht riecht nach Auspuffgasen.
Sie meinen, mein Gesicht riecht nach Auspuffgasen? Da liegen Sie gar nicht so verkehrt. Ich habe versucht mich umzubringen.
Ach deshalb, warum denn diesmal, waren Sie wieder so tieftraurig und verzweifelt und völlig vereinsamt wie beim letzten Mal?
Nein, gestern roch mein Gesicht nach Blei.
Ach so. Und vorgestern roch Ihr Gesicht nach Schlaftabletten.
Das stimmt.
Herr Grissemann, ich weiß, ich sollte mich um Sie kümmern, daß Sie keine blöden Sachen machen, aber ich hab' einfach keine Lust.
Das versteh' ich natürlich, Herr Stermann, dann sind Sie entschuldigt, Sie können sich auch nicht um jeden Scheiß kümmern, wenn Sie keine Lust haben.
Herr Grissemann, da ist doch irgend jemand bei Ihnen ...
Nein, nein, Moment, tatsächlich, Herr Stermann, bei mir ist jemand.
Ich weiß, fragen Sie doch mal, wer's ist.
Wer sind Sie denn ... Er sagt, er ist der Lieferant.

Was sagen Sie, ein Lieferant, ich wart' die ganze Zeit auf meinen Lieferanten, fragen Sie mal, was er liefern will.
Moment ... er liefert Pappaugen für Blinde. Was will der denn hier? Ich seh' wie ein Adler. Hat sich offensichtlich in der Tür geirrt.
Er hat sich tatsächlich in der Tür geirrt, er will zu mir.
Bitte?
Ja, ich hab' die Pappaugen bestellt.
Wieso das denn, das sind doch Pappaugen für Blinde?
Ja, ich bin ja blind, seit meiner Geburt.
Ach, deshalb können Sie die Grimassen nicht erkennen, die ich mach'.
Herr Grissemann, Sie haben in all den 40 Jahren nie bemerkt, daß ich blind bin?
Nee, woran soll man das denn merken, das sieht man ja von außen nicht.
Und der Stock und der Hund und die Brille?
Jaja.
Und die Bücher in Blindenschrift, die ich mir von Ihnen zum Geburtstag gewünscht habe?
Tut mir leid, ich bin manchmal ein wenig unaufmerksam. Sagen Sie, was anderes, sind bei Ihnen an der Scheibe auch so hübsche Eiskristalle, ist wunderschön anzusehen.
Ich bin blind, Herr Grissemann.
Ach so, das können Sie auch nicht sehen. Das ist ja Scheiße. Sagen Sie, können sie überhaupt irgendwas sehen?
Nein, ich bin blind.
Aber wenn jetzt im Fernsehen irgendwas Interessantes zu sehen ist ...
Klar, das kann ich natürlich sehen. Könnten sie mir jetzt bitte die Pappaugen rüberbringen?
Ich komme ...

Folge 2: Tokio

Grissemann.
Wo bleiben Sie denn?
Entschuldigen Sie, ich hab' mir noch die Haare gefärbt.
Ach, in welcher Farbe denn?
Das kann Ihnen doch egal sein, Sie blinde Nuß.
Für wen färben Sie sich denn die Haare?
Ausschließlich für den Gerichtsmediziner, Herrn Prof. Zosch.
Herr Zosch?
Ja, Herr Zosch, dieser begabte Arzt.
Den kenn' ich doch, der ist doch auch bei mir im Karnevalsverein für Blinde.
Prof. Zosch ist auch blind?
Natürlich, er ist der Blindeste von uns.
Das kann nicht sein, Herr Stermann. Prof. Zosch ist Arzt, da braucht man gute Augen.
Deswegen hat man ihn ja in die Gerichtsmedizin gesteckt, da ist es doch schon egal.
Aber dann hab' ich mir ja umsonst die Haare für ihn gefärbt.
Ja, dann waschen Sie's halt wieder aus.
Gut, wasch' ich's wieder aus. Was wollen Sie überhaupt?
Wo sind die Pappaugen, verdammt? Mein Faschingsfest beginnt in, Moment, muß kurz auf die Uhr schauen, in 48 Minuten und 12 Sekunden.
Ach, Sie haben Faschingsball heute.
Ja.
Wer kommt denn?
Zosch und all die anderen Blindgänger aus meinem Karnevalsverein. Und deshalb brauche ich alle Pappaugen, die Ihnen versehentlich geliefert worden sind.
Wozu brauchen Sie denn Pappaugen beim Faschingsfest für Blinde, die kann doch sowieso keiner sehen.
Können Sie das vielleicht unsere Sorge sein lassen, Herr Grissemann?
Gut, ich setz' mir jetzt noch schnell den Strick an die

Schläfe, und wenn das wieder nicht klappt, komm' ich.
Haben Sie eigentlich ein Motto für Ihren Faschingsball?
Tokio. Das Motto ist Tokio.
Wieso denn Tokio?
Lassen Sie auch das bitte unsere Sorge sein.
Wiederhörn ...

Folge 3: Katerfrühstück

Stermann.
Grissemann. Ich wollt' mich nur entschuldigen, daß ich die Pappaugen gestern nicht mehr vorbeigebracht habe, wissen Sie, ich hatte nichts zu tun, und mir war so langweilig, ich wußte einfach nicht, was ich mit meiner Zeit anfangen sollte
Macht nichts, es ist keinem aufgefallen.
Wie war Ihr Faschingsfest für Blinde?
Ganz nett, nur blöderweise ist das Licht für 20 Minuten ausgefallen, das hat uns alle so irritiert.
Wie war denn Herr Zosch verkleidet?
Er hat gesagt, er sei als Bär verkleidet, und da hat er den Preis für die beste Verkleidung bekommen.
Was war denn der Preis?
Ein Blindenhund.
Was, das ist doch sehr teuer, so ein Blindenhund!
Nee, der war billiger, weil er selbst blind ist.
Ach.
Und Sie? Haben Sie sich heute schon versucht umzubringen?
Noch nicht, aber am Nachmittag versuch ich in den Stromkreis zu kommen, sprechen Sie mir Mut zu.
Toi, toi, toi, hoffentlich klappt es.
Danke, Herr Stermann, Sie haben doch gesagt, wenn im Fernsehen was Interessantes läuft, dann können Sie das sehen.
Ja, das stimmt.
Ich habe die wunderhübschen Eiskristalle bei mir am Fen-

ster auf Video aufgenommen. Wenn Sie rüberkommen wollen, können wir sie uns ansehen.
Eiskristalle, das ist doch was für Weiber, nee, danke. Wiederhörn.

Stermann wird's schon richten

Folge 1: Der Homöopath

Stermann, Mutter. Wir heißen Stermann. Stermann.
Um Gottes willen, ist Ihre Mutter bei Ihnen?
Jaja, ein letztes Mal noch, sie füllt gerade das Altersheimformular aus.
Ach, wo ist denn dieses Altersheim?
Wieso?
Ich hab' meine Mutter ja auch ins Altersheim gesteckt, aber ich hab' vergessen, in welches.
Können Sie sich denn an nichts mehr erinnern?
Doch, da waren lauter alte Leute, Essen auf Rädern, Spritzen, Gebisse und Pfleger, warten Sie mal, ich bin jetzt gar nicht mehr sicher, ob's meine Mutter war oder mein Homöopath Brendel.
Sie haben Ihren Homoöpathen Brendel ins Altersheim gesteckt?
Ja, ich glaube, ja, ich wußte nicht, wohin ich ihn sonst stecken sollte, er hat mich so genervt.
Mein Gott, Brendel ist doch höchstens Mitte 20 ... Nein, Mutterkreuze an: kein Ausgang am Wochenende und keine Angehörigenbesuche.
Mein Gott, Herr Stermann, ich sehe grade hier im Schrank diese Tinktur, die mir Brendel 1946 kurz nach Kriegsende gemischt hat gegen meine Bachblütenphobie.
Moment, das war doch Brendel senior.
Nein, Sie Schlaumeier, es war sogar Brendelsupersenior.
Ach, der Brendel, der 1947 85jährig von Ihrem Bruder umgebracht worden ist?

Jaja, genau.
Und? Was ist mit Ihrer Bachblütenphobie?
Ich such' diese Tinktur seit 53 Jahren, Sie wissen doch, sobald ich Bachblüten schmecke, rieche oder Menschen über Bachblüten reden höre, kriege ich diese Angstzustände.
Kein Einzelzimmer, Mutter. Und kreuz an, daß du auch tagsüber die schweren Valium nehmen willst. Und hier, laß mal lesen, Mutter: „Wer soll verständigt werden bei Unfall, Krankheit oder Tod?" Ach, Mutter, was weiß denn ich, schreib hin, Zivildiener. Ja, Grissemann?
Ja, ich beginne dann zu zittern und zzzzu stststotttttern.
Ach so, ich verstehe, Sie sehen gerade diese Tinktur gegen Bachblüten und werden wieder an Ihre Bachblütenangst erinnert. Mein Gott, Sie armes Schwein.
Karghtjesstkkrrr.
Moment, ich weiß doch auch nicht, was du so ißt, Mutter. Brei, schreib einfach Brei. Nein, kein Obst. Schreib hin: Brei und billig.
Kargthioie.
Herr Grissemann, jetzt reißen Sie sich mal zusammen, Sie sprechen ja schon wie meine Mutter. Passen Sie auf, ich schicke Ihnen Mutters Arzt vorbei, den hab' ich für Mutter auch schon ausgesucht, Herr Dr. Haßknecht. Ein Schulmediziner der ganz alten Schule. Schwört auf Chemiebomben. Spritzt auch gern und viel, sehr hohe Dosen, hält jede Kritik an harten schulmedizinischen Praktiken für Weicheierei.
Hahehhee.
Jau, gut. Grissemann, ich ruf' Haßknecht für Sie, falls er überhaupt zur Zeit auf freiem Fuß ist. Es stört Sie doch nicht, daß dem Mann die Lizenz entzogen worden ist?
Krkrk.
Gut, hab' ich mir gedacht. Mutter! Matratze? Ich glaub', ich spinn'. Kommt überhaupt nicht in Frage, du liegst am Boden, da kannst du auch nicht aus dem Bett fallen, und für mich ist das viel billiger. Wiederhörn. Grissemann, rufen Sie mich an, wenn's Ihnen wieder besser geht.
Kkkk.

Folge 2: Noch Platz im Altpapier?

Stermann.
He.
Grissemann?
Dieser Doktor, den Sie mir auf den Hals gehetzt haben, der ist ein Verbrecher.
Haßknecht, das stimmt, der ist siebenmal verurteilt worden wegen Behandlung mit plötzlicher Todesfolge, dreimal wegen Hochstapelei, der Mann hat ja nie studiert, und elfmal wegen Kaufhausdiebstahl.
Buah, Wahnsinn, Stermann, ich kann mich kaum auf den Beinen halten. Wissen Sie, was der gemacht hat mit mir?
Nee, was hat er denn gemacht?
Der hat mir 4 kleine Partyleberwürste in die Venen gespritzt, und dann hab' ich einen Einlauf bekommen mit Odol-Mundwasser. Dann hat er mir 4 Zwei-Minuten-Steaks auf die Brustwarzen gelegt. Ich hab meinen Bruder geholt, der hat den Mann sofort totgeschlagen. Das geht doch nicht.
Verstehe, war ja auch nur so 'n Tip von mir, ich hab' ihn ja eigentlich für meine Mutter organisiert, und da brauch' ich ihn ja eh nicht mehr.
Ist Ihre Mutter jetzt im Altersheim? Wie alt ist Ihre Mutter eigentlich?
Sehen Sie, das hab' ich sie nie gefragt, ich schätz' mal, irgendwas zwischen 50 und 90, 99 wahrscheinlich.
Ja, wahrscheinlich. War ja nur so eine Frage von mir. Ich hab' Ihre Mutter ja nie kennengelernt. Als ich Sie einmal besucht habe und ihre Mutter gerade da war, haben Sie sie ja im Altpapier versteckt.
Ja, ich fand immer, daß Mutter vielzuwenig liest, jetzt kann's mir ja egal sein. Grissemann.
Hörst du auf!
Grissemann.
Ja, hörst du auf endlich!
Grissemann, ich will gar nicht wissen, was bei Ihnen zu Hause gerade los ist.

Mein Patenkind aus Aserbeidschan ist da, er will sich ständig auf meine Wohnlandschaft setzen.
So eine Frechheit.
Jaja, nichts als Ärger hat man tagein, tagaus.
Wenn er sie nervt, soll ich Ihnen vielleicht die Adresse vom Altersheim geben?
Nein, nein, der bleibt nur eine Woche bei seinem Patenonkel, dem guten alten Grissemann, dann fliegt er zurück nach Aserbaidschan, so lang kann er hier im Wohnzimmer ruhig stehen.
Ja.
Vielleicht komm' ich später zu Ihnen rüber und esse Bohnenkuchen. Bei mir ist's ein bißchen unheimlich mit diesem seltsamen Patenkind.
Ja, jetzt wo Mutter weg ist, ist ja wieder Platz im Altpapier.
Jou. Dann bis später.
Jou.

Die Bodenturnerin

Folge 1: Die kleine Kapelle

Stermann.
Hallo, hier ist Anita.
Anita, spinnen Sie, Herr Gissemann?
Ach, kommen Sie, Herr Stermann, erinnern Sie sich nicht an unser kleines Spielchen gestern nacht auf der Wiese vorm Dorfgasthaus?
Bitte?
Sie haben mich die ganze Nacht befummelt und Anita zu mir gesagt. Wann sind Sie denn nach Haus gekommen? Ich bin alleine und nackt auf der Wiese aufgewacht heute morgen, mein Gott, Sie haben mich ganz schön zugerichtet, ich hatte überall blaue Flecken, Sie haben ja ganz schön was zusammengesoffen gestern nacht, ich hab' 12 leere Literfla-

schen Kirschschnaps auf der Wiese gezählt ...
Herr Grissemann, ehrlich, jetzt haben Sie sich in mich verliebt.
Ich bitte Sie, natürlich nicht, aber ich mußte ja mitmachen, Sie haben ja gedroht, mich umzubringen.
Ach so, jaja, natürlich. Sagen Sie, haben Sie Lippenstift aufgelegt gestern? Mein Körper ist über und über mit Lippenstift bedeckt, vor allem an den Füßen.
Das war der Schnapslieferant Kotwinkel, Sie hatten ihm doch Geld gegeben, damit er Sie am ganzen Körper abschleckt, mein Gott, das war was gestern.
Ich kann mich an gar nichts mehr erinnern.
Tatsächlich? Auch nicht daran, daß Sie Schlamm, Fleisch und Bier in die Mischmaschine gegeben haben und dann alles auffressen wollten, wie Sie sagten, und dann mit dem Kopf steckengeblieben sind. Knut mußte Sie mit einem Schweißbrenner befreien, dann haben sie sich ausgezogen und sind laut grölend in die Kläranlage gesprungen. Wir mußten Sie mit dem Dorfkran rausziehen.
Das ist ja schrecklich, wenn das irgend jemand im Dorf erfährt ...
Keine angst, Kotwinkel und Knut halten dicht; der einzige Unsicherheitsfaktor ist die Bodenturnerin.
Wer bitte?
Die Bodenturnerin, die kleine vom Zirkus, die ihren Hund gestern nacht noch ausgeführt hat und dann leider auf Sie gestoßen ist. Vor allem leider für den Hund.
Gottogott, Herr Grissemann, was hab' ich mit dem Hund der Bodenturnerin gemacht?
Sie haben ein Häufchen gemacht und den Hund gezwungen hineinzutreten. „Rache" haben Sie dann in die Nacht gebrüllt.
Ach, das geht ja noch, ist ja gar nicht so schlimm.
Das ja. Aber dann haben Sie die Bodenturnerin gezwungen ein Häufchen zu machen, und Kotwinkel, Knut und mich gezwungen reinzutreten.
Was ist dann passiert.
Ja, äh, die Bodenturnerin hat laut um Hilfe geschrien, und

dann kamen sie angelaufen aus dem Zirkus: die Clowns, die Akrobaten, die Illusionisten und Feuerschlucker, die Elefanten und Ziegen und und und.
Mein Gott, ich sollte aufhören zu trinken.
Dann haben Sie, Herr Stermann, die Wiese in Brand gesetzt, Gott sei Dank haben die Feuerschlucker das Ärgste gleich geschluckt, die Messerwerfer haben Messer auf Sie geworfen, und Dumbo, der Elefant, hat Sie zu guter Letzt in die Trauerweide geschleudert. Sie waren längst bewußtlos zu diesem Zeitpunkt, zu Ihrem Glück, Sie sind ja dann 14 Meter tief von der Trauerweide auf den Asphalt geplumpst, mit dem Kopf voran. Blöd, daß genau da der Lastwagen kam, an das Krachen Ihrer Knochen müssen Sie sich doch erinnern.
Ich schwöre, daß ic, noch nie so etwas ... mir ist das furchtbar peinlich, Herr Grissemann.
Sie haben Unmengen Blut verloren, Ihre Halsschlagader war wohl gerissen, das Blut spritzte auf die kleine weiße Kapelle, die ist jetzt ganz rot, ein von mir eingesetzter Putztrupp versucht jetzt, die Kapelle wieder zu waschen, damit keiner etwas merkt.
Das ist sehr nett von Ihnen. Komm' ich ins Gefängnis? Sind Menschen zu Schaden gekommen?
Nein, Sie Blödmann. Gott, sind Sie doof. Wir haben gestern doch einfach nur gemütlich beisammengesessen und Federball gespielt. Ich hab' gelogen.
Ich hab' gar kein Häufchen gemacht?
Nein.
Nicht die Wiese in Brand gesetzt und nicht mit dem Kopf in der Mischmaschine festgesteckt?
Nein. Dazu sind Sie doch gar nicht fähig, Sie Langweiler. Sie haben ein kleines Bier getrunken und sind sofort schlafen gegangen, sie fade Arschnase.
Aah, da bin ich aber froh, daß Sie das sagen. Moment mal, kurz. Bei mir läutet's ... Komisch, Herr Grissemann. Das war eine Schweizer Putzfrau, sie hat mich gefragt, wo sie die Blutkübel ausschütten kann. Was wird denn hier gespielt, Herr Grissemann?

Okay, Herr Stermann, jetzt sag' ich Ihnen die endgültige Wahrheit, also: Halten Sie sich fest.
Moment mal, Herr Grissemann ... Sind Sie wahnsinnig, das ganze Blut hier auf den Teppich zu schütten? Herr Grissemann, es geht gerade nicht, ich ertrinke hier gerade im Blut. Können Sie später noch mal anrufen?
Wiederhörn.
Wiederhörn.

Folge 2: Stermanns Zusammenbruch

Grissemann.
Hören Sie, Grissemann. Sie haben mir vorhin so angst gemacht, daß ich mir in die Hose gemacht hab'. Gott sei Dank habe ich nur die eine.
Wie – Sie telefonieren jetzt nackt?
Nee, ich hab' meine Hose an.
Schauen Sie, mir ist das doch egal, was Sie zu Hause für'n Schweinestall haben. Ich will überhaupt in nächster Zeit möglichst wenig mit Ihnen zu tun haben.
Wieso, das verstehe ich nicht. Ich bin doch Ihr treuer Kamerad seit vielen Jahren. Und jetzt hab' ich mir halt einmal in die Hose gemacht. Das tut mir leid, aber es ist nicht mehr zu ändern, und mit Verlaub, Sie haben doch auch schon häufiger in die Hose gemacht.
Das stimmt nicht, Herr Stermann.
Das stimmt, Herr Grissemann.
Wie, was stimmt jetzt, daß es stimmt oder daß es nicht stimmt?
Natürlich stinkt das, wenn Sie sich dauernd in die Hose machen, Herr Grissemann.
Das ist mir zu niveaulos, Herr Stermann, ich habe Frauenbesuch und das Telefon auf laut gestellt, Sie können sich vorstellen, wie peinlich mir das jetzt ist, ich habe mir vor Peinlichkeit jetzt auch in die Hose gemacht, bravo, Herr Stermann, das haben Sie gut hingekriegt.
Welche Frau ist bei Ihnen?

Die Bodenturnerin.
Die von gestern nacht? Was will sie denn, es stimmt doch gar nicht, was Sie mir da alles unterstellt haben, oder?
Dann erzählen Sie das mal der Bodenturnerin, sie hört ja mit, das Telefon ist auf laut gestellt. Moment mal: Dragica, hörova le telefonov da Dirkas Stermannov erzählic von Nachtitsch kapelli blutov mischmaschinovskaja. Okay, sie weiß jetzt, wer Sie sind.
Mmh, liebes Fräulein Dragica, ich bin ein großer Bewunderer Ihrer Bodenturnkunst. Der Alkohol ist ein Teufel und ich ohne den Alkohol ein eigentlich ganz anständiger Bursche aus dem Ruhrpott mit Abitur. Ich möchte mich entschuldigen. Bitte verzeihen Sie mir, und nehmen Sie bitte eine kleine Summe von mir an, als Schweigegeld. Sie werden verstehen, liebes Fräulein, daß ich unmöglich weiter im Dorf leben kann, wenn das rauskommt. (leise) Herr Grissemann, wie reagiert sie?
Sie gibt mir gerade Zeichen. Dobre, Dragica. Jau, sie will 500.000 Dorftaler, in kleinen Münzen, dann hält sie dicht. Sie sollen das Geld auf mein Dorfkonto überweisen, Bankleitzahl 1, Kontonummer 2.
Das mach' ich gern. Sagen Sie, Herr Grissemann, nur noch einmal zur Sicherheit. Stimmt die ganze Geschichte auch, weil ich dann sofort mit meinem Irrenarzt sprechen muß, daß der mich niederspritzt, daß ich mal für ein paar Jährchen aus dem Verkehr gezogen bin.
Nun, haben Sie mir das Geld schon überwiesen?
Ja, wie denn? Da müßte ich erst zur Bank reiten.
Tja, dann kann ich Ihnen auch noch nicht sagen, daß es nicht wahr ist und ich nur geldgierig bin und alles erfunden habe, auch die Bodenturnerin, es gibt sie nicht, und die Putzfrau, das war Herkules, verkleidet, und es war auch kein Blut sondern Gulaschsuppe aus Knuts Gulaschkanone, aber ohne das Geld kann ich Ihnen noch nicht sagen, daß es nicht stimmt.
Verstehe. Gut, ich reite zur Bank. Wiederhörn.
Wiederhörn.

Die Bodenturnerin

Stermann.
Grissemann hier.
Gut, daß Sie anrufen, sagen Sie: aus welchem Tier kommt die Butter?
Ah, Sie frühstücken und stellen sich wieder diese Fragen deren Antwort jedes Kind weiß. Sind Sie allein?
Hören Sie mal, Sie Klugscheißer, in meinem Garten wohnt Lassie, das Pferd, ich hab' es heute morgen gemolken und aus der Pferdemilch Butter gemacht, die ich mir zum Frühstück auf's Brot geschmiert habe.
Wie macht man denn aus Milch Butter?
Okay, Sie haben gewonnen. Ich wollte Sie wieder reinlegen, wie letzte Woche.
Als Sie mir weismachen wollten, daß man aus Hühnern hervorragenden Blattspinat machen kann? Und vorletzte Woche behaupteten Sie, daß es keinen besseren Kaffee gibt, als den, den man aus Froschenkeln macht. Das Schlimmste war, als Sie mir gemeinerweise sagten, daß das Frühstücksmüsli schmackhaft wird, wenn man statt Rosinen Fischaugen nimmt und Kleister statt Joghurt. – Ich hab' das alles ausprobiert. Aber jetzt reicht's. Ich geh' Ihnen nicht mehr auf den Leim!
Haben Sie schon mal frischgepreßten Knoblauchsaft probiert?
Hören Sie, ich bekomme Besuch heute Abend. Mein alter Turn- und Sexualkundelehrer kommt. Der alte Blassbauch.
Ist der wieder draußen?
Ja, er ist gestern nach siebzehn Jahren Knast entlassen worden.
Um Gottes willen, was will er denn von Ihnen?
Keine Ahnung. Er hat angerufen und gefragt, ob ich Küchenmesser, Flachbeile, Säge und Axt zu Hause hab'.
Ja, das haben Sie ja.
Ja, das hab' ich ihm auch gesagt. Dann hat er gelacht, und gesagt er kommt.

Das ist ein Dejavu. Das Gespräch haben wir beide doch vor exakt siebzehn Jahren schon einmal geführt. Dann ist Blassbauch zu Ihnen gekommen.
Ja ja, das stand ja damals alles in der Zeitung. Blassbauch hat sich damals auch ein Küchenmesser, ein Hackebeil, eine Säge und eine Axt von mir ausgeliehen, und dann wie ein Wahnsinniger alle Sportplätze und Turnhallen, sowie alle Orte, an denen wir Buben und Mädchen Sex hatten, kaputtgemacht – Betten, Autos, Flipperautomaten, Büsche, Aufzüge, Heuböden, Teppiche, Waschmaschinen, Flußufer, Flüsse, Discotheken, Hotels, Straßenbahnen, Schuhgeschäfte, Supermärkte, Zelte, Luftmatratzen, Mofas, Fahrräder –, alle Orte, an denen wir Sex hatten, kurz- und kleingeschnitten. Bürgersteige, Gasthausküchen, Kegelbahnen, Friedhöfe, Schwimmbäder, die Vogelwarte, das Sägewerk, den Bahnhof, das einzige Dorftaxi ... – kurzum: Er hat eigentlich alles im Dorf kurz- und kleingesägt und -gehackt. – Wir waren ein sexuell sehr aufgeschlossenes Dorf damals, und der gute Blassbauch hatte ein ziemlich gestörtes Verhältnis zu seinem Beruf gehabt.
Herr Grissemann, was hat Ihnen denn Blassbauch im Sexualkundeunterricht beigebracht?
Hm. Das einzige was ich von ihm gelernt habe war beidseitiger oraler Verkehr, freihändig auf einem Fahrrad. Heute noch die einzige Möglichkeit für mich Sex zu haben.
Sagen Sie mal, Grissemann, diese wilde Zeit im Dorf ist doch vorbei. Das letzte Kind im Dorf ist doch vor sechzehn Jahren auf die Welt gekommen. Keiner im Dorf hat noch Sex, und Sport macht auch niemand. Blassbauch hat gar keinen Grund wieder alles niederzumachen. Das müssen Sie ihm klarmachen, wenn er kommt.
Ganz stimmt das ja wohl nicht, Herr Stermann – das Dorf zerreißt sich doch heute noch das Maul, weil Sie im Sommer vor acht Jahren Fräulein Rummelplatz auf die Wange geküßt haben.
Ja, das war schön, damals am Schäferhundeübungsplatz.
Der Schäferhundeübungsplatz ...
Sie meinen ...

Ja. Blassbauch hat offensichtlich vor, den Schäferhundeübungsplatz kurz und klein zu hacken. Ich muß versuchen, das Schlimmste zu verhindern. Ich rufe Sie wieder an.
Wiederhörn.
Wiederhörn.

Folge 2

Grissemann.
Ich bin glücklich, Herr Grissemann. Versuchen Sie's doch auch einmal, es ist köstlich.
Was meinen Sie?
Ich meine den Frühstückskaffee. Ich bin doch so ein Süßer. Und jetzt hab' ich einfach mal statt Zucker einen Hasen in den Kaffee getan. Köstlich! – Ich werde jetzt Hasen in Würfel schneiden und Cafés beliefern.
Herr Stermann, mich wundert ein bißchen, daß Sie so fröhlich sind.
Wieso das denn, jeder wäre ja wohl glücklich bei der Aussicht mit Hasen in Würfelform das große Geld zu machen.
Aber Blassbauch hat doch im Hasenstall alle Hasen in tausend Stücke gesägt und gehauen?
Darum bin ich ja überhaupt erst auf die Idee gekommen. Ich muß Ihrem Herrn Blassbauch auf ewig dankbar sein.
Wieso hat er eigentlich Ihre Hasenzucht auch kurz- und kleingehauen? – Daß er den Schäferhundeübungsplatz zerstört war ja klar. Immerhin haben Sie damals dort Fräulein Rummelplatz geküßt, aber die Hasen ...
Na ja, das geht schon in Ordnung, ich hab' mich mit ihr auch manchmal im Hasenstall gefickt.
Was, Herr Stermann? Ge- was?
Gebumst, gevögelt, genagelt.
Sie können mit Wörtern umgehen, Herr Stermann. Ich bewundere Sie. Sie und Fräulein Rummelplatz sind die Einzigen, die in den letzten siebzehn Jahren Liebe gemacht haben im Dorf.
Liebe gemacht? Quatsch! – Gestoßen, genudelt, gezwirbelt, frottiert, gepolstert, gezottelt, frisiert, gerohrt ...

Schon gut, Herr Stermann. Ich fasse zusammen: Mein alter Turn- und Sexualkundelehrer Blassbauch hat die umstrittene Neigung alle Orte kurz und klein zu sägen, an denen Liebe gemacht worden ist.
... genommen, gelötet, gestochen ...
Ja ja, schon gut. Und Sie sind der einzige, der in unserem friedlichen Dorf Sex hatte. Sie lieben unser Dorf doch auch, diese öde Trauer, die von diesem langweiligen Kaff ausgeht. Sie lieben alles, bis auf das Kernkraftwerk, das 98 % der Fläche unseres Dorfes ausmacht.
Ich könnte heulen, wenn ich an dieses scheußliche Kraftwerk denk'.
Hatten Sie schon mal im Kernkraftwerk Sex?
Nein, wo denken Sie hin?
Laden Sie Fräulein Rummelplatz heute abend ins Kraftwerk ein, ziehen Sie sich Netzstrümpfe an – Sie wissen schon, und dann machen Sie Liebe mit ihr.
Aber, Herr Grissemann, Blassbauch ...
Richtig, Blassbauch wird das ganze Kernkraftwerk in Stücke reißen.
Sie sind ein Genie!
Tja. Gehen Sie schon mal Ihren Brennstab löten.
Ach ja. Ich bums' das Dorf kernkraftfrei.
Sie werden ein Held der Anti-Atomkraftbewegung. Und auf dem freigewordenen Gelände errichten wir einen gigantischen neuen Schäferhundeübungsplatz, und das gewaltigste Reiserattengehege der Welt. Also Stermann, Kopf hoch, Glied hoch, alles hoch. Wiederhörn.
Wiederhörn.

Folge 3

Stermann.
Wie lange waren wir befreundet, morgen nicht mehr mitgerechnet?
Moment, ich schau' kurz nach ... Wir kennen uns seit exakt 41 Jahren, 4 Monaten, 21 Tagen und 4 einhalb Stunden.

Schnauze, Stermann! Haben Sie heute schon aus dem Fenster geschaut?
Nein, ich war ganz versunken in meine Ballettübungen. Was ist denn so Tolles draußen?
Das ganze Dorf liegt in Schutt und Asche. Das einzige, was noch steht, ist Ihr Haus und das Atomkraftwerk. Und danke auch noch, daß Sie's nicht auch in der Telefonzelle getrieben haben, wo ich gerade steh'.
Ja, Fräulein Rummelplatz hatte ein sexuell sehr aktives Wochenende. Wir haben's überall getrieben. Nur nicht in meinem Haus und in der Telefonzelle am Rand des Dorfes.
In der steh' ich jetzt, Sie Arschloch. Um mich herum Schutt und Asche, aufsteigender Rauch. Die Apokalypse. Ich kann's nicht fassen, Herr Stermann. Blassbauchs Zerstörungen zufolge, müßten Sie und Fräulein Rummelplatz an diesem Wochenende an folgenden Orten Sex gehabt haben: im Schwerstbehindertenheim von Herkules, am Schäferhundeübungsplatz, im Wald, in Knuts Gulaschkanone, am Friedhof, im Reiserattenkäfig, in Schabowskys Haus, bei Leschnikoff, bei der alten Rummelplatz und bei der jungen, in der Kirche, in sämtlichen Telefonzellen ...
Nee, eine haben wir extra ausgelassen, weil ich wußte, daß Sie mich heute anrufen.
Schnauze, Stermann! Ich hatte Ihnen einen klaren Auftrag gegeben. Sie sollten im Atomkraftwerk mit Fräulein Rummelplatz Liebe machen, damit Blassbauch das Ding zerstört. Stattdessen haben Sie unser schönes Dorf zerfickt. Zervögelt, zerstoßen, zerrammelt, zerbumst.
Herr Grissemann, ich fühl' mich so leer. Ich hatte immerhin 112 Höhepunkte in 2 Tagen.
Und Ihre 112 Höhepunkte ergeben insgesamt den absoluten Tiefpunkt in der Geschichte unseres Dorfes. Was ich nicht verstehe, Stermann: Wenn Sie schon so unfaßbar viel Sex hatten, warum um Gottes willen haben Sie nicht auch im Atomkraftwerk ...
Ich wollte ja. Ich war bereit zum 113. Orgasmus, aber im Atomkraftwerk überfiel Fräulein Rummelplatz ihre Migräne und wir sind nackt im Atomkraftwerk nebeneinan-

der eingeschlafen und haben am nächsten Morgen dort zusammen gefrühstückt. Es tut mir leid. Sagen Sie, haben Sie von Blassbauch etwas gehört?
Ja, ich habe die Polizei angerufen, aber man kann ihn nicht einsperren, weil Sie und Fräulein Rummelplatz auch im Gefängnis miteinander geschlafen haben.
Ach ja, stimmt. Das war spitze. Mit Handschellen und Uniform.
Ja. Wegen Ihnen müssen wir alle aus der Dorfgemeinschaft ins Nachbardorf ziehen, wo noch Häuser stehen.
Ich glaube, das können Sie sich sparen. Ich bin um 17 Uhr mit Fräulein Rummelplatz im Nachbardorf verabredet. Ich geh' dann schon mal meinen Brennstab löten. Wiederhörn.
Stermann, Stermann ...

Stermann & Grissemann

DCD „Das Ende zweier Entertainer"

Aus einem „Scheißabend für alle Beteiligten" (so die Künstler) im Audimax der Uni Wien ist eine Scheiß-DCD geworden: die zwei Stars der österreichischen Privatradio-Showbranche plaudern aus dem Leben der Models und Fersehstars, lesen erstmals aus den Tagebüchern von Verona Feldbusch und Dieter Bohlen und machen ein Titanic-Quiz mit besonders tollen Preisen. Ein Livemitschnitt. Erhältlich im gut sortierten Fachhandel und bei Hoanzl unter Tel. 01-5889311 bzw. office@hoanzl.at

show royale

Die Radiosendung SALON HELGA von Christoph Grissemann und Dirk Stermann wird jeden Freitag von 20 Uhr 25 bis 21 Uhr 30 auf der Frequenz von FM4 ausgestrahlt.
Außerdem die Sendung MORGENGRAUEN, täglich von 5 bis 6.

RAUMSTATION
medienkonzeption & produktion

Jeden Sonntag von 16 bis 18 Uhr ist im ORB in Radio Eins, die Sendung SHOW ROYALE zu hören.